KB069194

잇츠 마이 라이프 **2**

초판 1쇄 인쇄일 2021년 12월 17일 | **초판 1쇄 발행일** 2021년 12월 24일

지은이 초촌 | **펴낸이** 곽동현 | **담당편집 팀장** 이범수
편집부 정요한 최훈영 조혜진

펴낸곳 (주)조은세상 | 출판등록 제2002-23호
주소 서울특별시 동작구 동작대로1길 27 5층
TEL 02)587-2966 | FAX 02)587-2922
E-mail bukdu@comics21c.co.kr

초촌ⓒ2021
ISBN 979-11-391-0355-7 | ISBN 979-11-391-0352-6(set)
값 8,000원

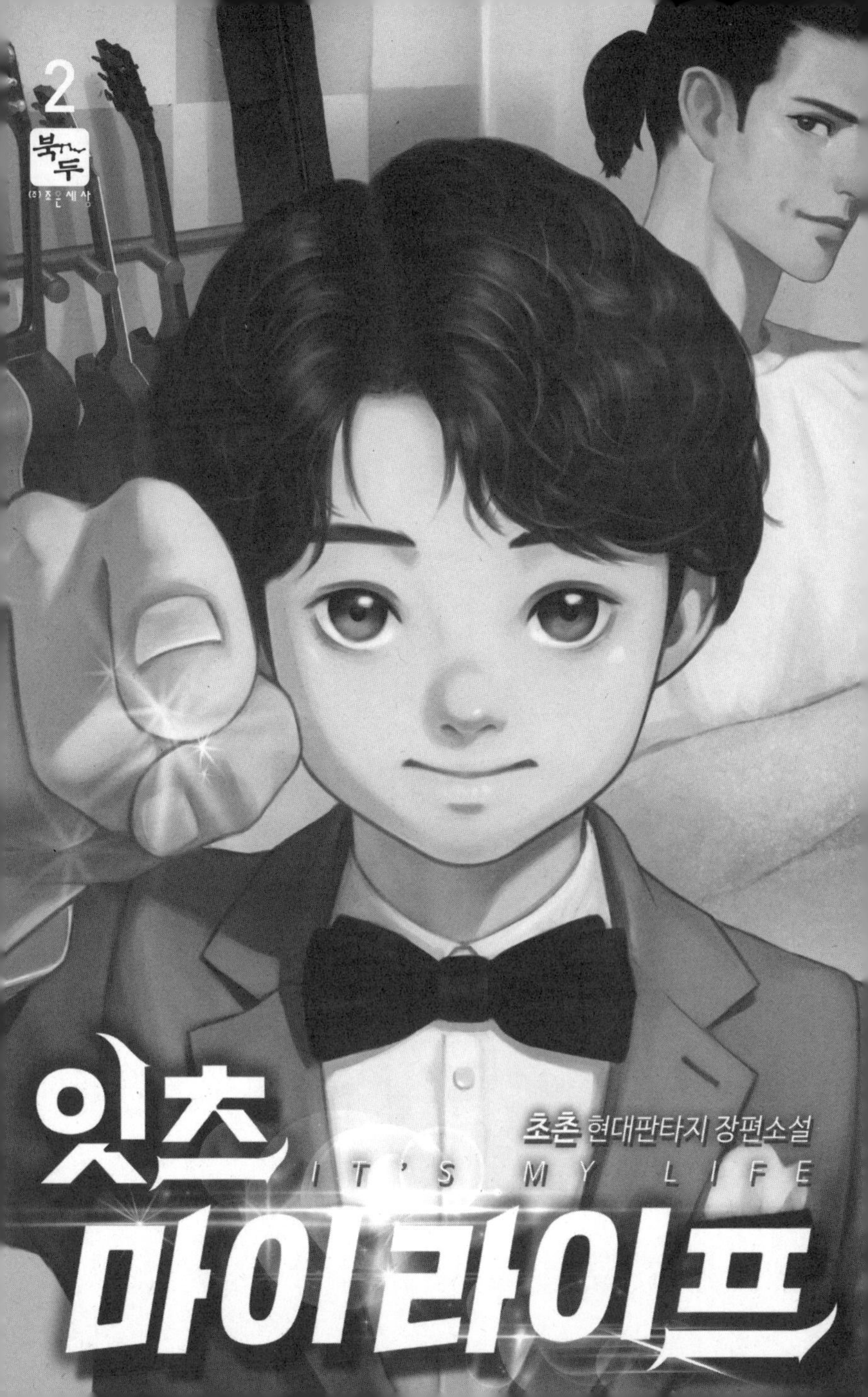
2
북두
(주)좋은세상
잇츠
IT'S MY LIFE
마이라이프
초촌 현대판타지 장편소설

초촌 현대판타지 장편소설

MODOERN FANTASY STORY

CONTENTS

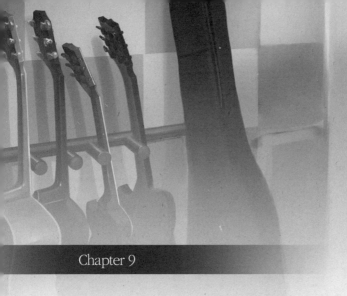

"잘 들어가게."

"그럼, 장관님, 내일 아침에 뵙겠습니다."

집에 돌아가서도 노태운은 낮의 충격이 가시질 않았다.

샤워할 때도 밥을 먹을 때도 물끄러미 TV를 볼 때도 계속 곱씹혔다.

- 제가 K-POP을 세계인의 가슴에 박아 버릴 거예요. 그게 아마도 제가 존재하는 목적이지 않을까요?

K-POP이라니. 생각지도 못한 개념이었다.

9

기껏해야 딴따라인 줄로만 알았는데.

그게 K-POP이고 그것으로 세계인을 상대한단다.

말도 안 된다고 무시하고 싶었으나.

K-POP이라는 단어가 도통 머릿속에서 떠나질 않았다.

"K-POP이라 K-POP이라······."

POP이라 하면 보통 대중음악을 가리켰다.

클래식 같은 순수 음악과 상대되는 개념으로 감각적이면서도 오락적이고 상업성에 기반을 둔 음악들을 말했다.

블루스, 스윙 재즈, 포크, 컨트리, 로큰롤, 록과 소울, 펑크 등등 종류도 아주 다양했고 POP이라는 장르가 따로 만들어지기도 하였다.

즉 POP이라는 문화의 중심은.

'판소리', '대취타'로 대표되는 한국은 당연히 아니었고 '헤이케비와'나 '노' 같은 일본도 아니었고 '연향악', '경극'의 중국도 마찬가지로 아니었다.

그뿐인가.

순수 음악의 중심지 유럽도 아니고 인류의 발상지 아프리카도 아니었다.

전 세계의 문화가 결집된 곳.

북미가 바로 주인공이었다.

너무도 강렬해 받아들이는 나라의 국민마저 자기네 음악을 무시할 정도로 그 파급력이 강한 놈들일진대.

꼬마 놈은 K-POP을 아메리카에 박아 버리겠다 하였다.

한국형 POP으로 그들과 한판 붙어 보겠다 하였다.

"씨……."

욕이 절로 튀어나왔다.

왜 이렇게 가슴이 웅장해지는지.

다른 분야에서만큼은 어쩔 수 없이 끌려다니더라도 문화만큼은 미국을 이기겠다는 아이가 눈에서 떨어지지 않았다.

이렇게도 될 수 있는 건가?

이렇게도 될 수 있다는 건가?

아니다.

그게 되든 안 되든 하나도 중요치 않았다.

할 수 있다는 것.

꼬맹이 놈도 하겠다는 것.

부끄러웠다.

지금까지 국위 선양이란 올림픽과 같이 무언가 크고 거대한 일을 하는 것인 줄로만 알았다.

"당돌한 녀석."

그것만도 기특하기 그지없을진대.

그 조그만 방에서 나올 때 이런 말도 던져 줬다.

- 보통 사람이라서 해 드리는 말이에요.

- 뭔데?

- 우리나라엔 용이 되지 못한 이무기가 한 마리 있어요. 그놈이 체증같이 가슴에 딱 박혀 사람을 아주 핑 돌게 하고 있죠. 일이라도 잘하면 좋겠건만. 글쎄 하라는 건 안 하고 탐욕만 부려요. 아주 고얀 놈이죠.

- 으응? 그게 무슨 소리고?

- 용이 되지 못한 놈이라 그 결여 때문에라도 이무기는 좋은 걸 주변과 절대 나누지 않아요. 이무기란 게 원래 태생이 그러니까요.

- ……!

- 그래서 곁에 두는 이도 오로지 한 입 거리밖에 안 되는 잔챙이들뿐인 거죠. 그래야 안심될 테니까요.

- 대운이 니 지금…….

- 얼마 안 가 경질될 거예요.

- 뭐?!

- 어쩌면 그마저도 시험일지 모르죠. 납작 엎드리세요. 죽으라면 죽는시늉도 하고. 나온 김에 되도록 멀리 떨어지세요.

- 너…….

- 그게 살길이에요.

- !!!

- 아시겠지만, 먹구름은 오래 머물지 않아요. 이무기는 태생적 한계 때문에라도 다시 한 번 무리할 테고. 공분을 사겠죠. 많은 이들이 들고일어날 거예요.

- ……!

- 그때도 일어나시면 안 돼요. 피 맛을 본 이무기는 주저하지 않거든요.

- …….

- 물론 그것도 또한 걱정하지 마세요. 피는 한 번이면 족하죠. 바다 건너 상국이 지켜보고 있거든요. 좌시하지 않을 테고 이무기는 스스로 내려오던가 땅으로 처박히겠죠. 그때가 바로 기회예요.

섬뜩하면서도 많은 것을 시사하는 말이었다.

집까지 어떻게 왔는지 모를 만큼 충격을 받았다.

이게 맞는다면…….

앞으로 어떻게 되는 걸까?

아이는 순응하라 하였다. 죽는시늉이라도 하면서 멀리 피하라고.

이런 걸 어떻게 얘기해 줄까?

"IQ가 190쯤 되면 초능력이라도 생기는 건가?"

이상한 아이였다.

가슴 뿌듯하게 다가오다가도 무서웠고 기특해 미소 짓게 하다가도 가슴을 서늘하게 하였다.

지천호 교수 앞에서 무시당한 건도 있고 충동적인 호기심에 들렀을 뿐인데 들른 김에 재주나 몇 개 보고 갈 생각이었는데.

앞날까지 예측한다고? 이런 게 통찰력이란 건가?

"여보, 고민이 많아요?"

"아, 아니오. 생각할 게 쪼매 있어서."

"그만 주무세요. 머리가 복잡할 땐 잠이 최고예요."

"……."

"안 그래도 당신, 요즘 표정이 안 좋아요."

"그……랬소?"

"그리도 잘 웃던 분이 딱딱한 돌처럼 굳어 있네요."

걱정하는 아내를 잠시 바라보았다.

가장 가까운 곳에서 지켜보는 아내의 말이니 이도 맞을 것이다.

어쩌면 스스로 이미 알고 있었는지도 모르겠다. 오랜 친구가 자신을 밀어내고 있음을.

"미안하오. 바깥일을 집에까지 가져오는 건 아닌데."

"뭘요. 가족인데요."

안기는 아내를 보며 노태운은 다짐했다.

만일 진짜로 그런 일이 벌어진다면 소년을 한 번 더 보기로.

그때가 되면 어차피 끈 떨어진 신세니 조금은 더 자유롭게 만날 수 있지 않을까?

◇ ◆ ◇

그가 돌아가고서도 나는 마음이 바빴다.

사고를 쳐버렸다.

뜻밖에도 회귀에 대한 정체성을 잡은 것까진 좋았는데 어깨가 축 처져 돌아가는 노태운에게 쓸데없는 말을 나불댔다.

"아, 이거 뭔가 구린데…… . 내일 아침에 전두한이 막 오고 그런 건 아니겠지? 나 이러다 죽는 건가?"

엎질렀다.

물론 알려진대도 죽음까진 가지 않을 테지만.

일이 묘하게 됐다.

"설마 노태운이 쪼르르 가서 일러바치겠어?"

걱정한다고 되돌릴 수 있는 일도 아니었다.

"미친…… ."

조금 생각하다가 접었다.

어차피 회사 설립은 진행 중이고 자본금 5억 원이 모였다. 머저리들의 투자금 5천은 개인적으로 계약한 거라 자본금에서 뺐다.

어쨌든 한평생 먹고 사는 데 지장 없을 돈을 회귀한 지 석 달도 안 돼 모았다.

이것만큼은 머리에 쓰담 해 주고 싶었다.

"자, 이제부터 어떻게 해야 하나?"

지껄인 대로 세계인의 멱살 잡고 캐리하려면 아주 바쁘게 살아야 할 것이다.

이왕 할 거면 제대로. 야무지게 독하게.

"우선 회사 이름부터 만들어야겠지? 뭔가 진취적이면서도 사람들이 연호할 수 있는 멋들어진 거로 말이야. 체크 포인트."

적었다.

생각나는 대로 쓸 만한 단어란 단어는 다 적어 내려갔다.

그러다 어느 지점에서 멈췄다.

"로고도 필요하잖아. 그러네. 딱 보기만 해도 우리 회사가 떠오를 만한 거로 있어야겠어. 좋았어. 30년이 지나도 촌스럽지 않을 것으로 하나 만들자."

할 게 많았다. 사무실도 얻어야 했고 사업자도 내야 했다.

사장은 누구로 해야 할까? 이 계통에서 뼈가 굵으면서도 신뢰감을 주는 사람이어야 하는데. 가만, 회사 설립에 필요한 서류는 뭐더라? 일단 법인통장은 기본일 테고…… . 직원도 뽑아야 해. 사무실은 어디에 얻어야 하지? 세무랑 노무는 또 어떻게 하고…… .

파고들면 들어갈수록 두뇌가 돌처럼 굳는 게 느껴졌다.

사람이 필요했다. 인재가 절실했다.

다른 건 몰라도 특히나 이런 부분은 내가 꾸준히 감당할 수 있는 영역이 아니었다.

"도움을 구해야겠어."

결론 내리고 일단 자리에 누웠다.

다음 날이 되자 유재한이 나를 데리러 왔다.

옆자리에 올라탔는데 오늘따라 들떠서는 묻지도 않은 얘기를 줄줄이 흘려 댄다. 속 시끄러운데.

"아니, 글쎄 말이야. 내가 그 데모 테이프를 챙기지 않았으면 어쩔 뻔했어. 그때만 해도 이렇게까지 일이 커질 줄 누가 알았냐고. 세상 참 재밌지 않아?"

"……."

"그렇잖아. 일본 NHK 초청에, 일본 지역 몇 군데를 돌며 엄청 공연하고 돌아온 거야. 모처럼 한국에 들어와 사무실에 들렀는데 하필 그때, 네 데모 테이프가 눈에 띌 게 뭐냐. 책상 위에 아무렇게나 널려 있더라니까. 경리한테 물으니까 모르겠다길래 그냥 들고 온 거야."

"……."

"다시 생각해도 그걸 왜 주머니에 넣었는지 이해가 안 된단 말이야. 또 형님, 술 마시는데 틀어 줄 생각을 다 하고. 이상하게 타이밍이 잘 맞았어. 대운아, 그렇지 않냐?"

"예."

"그리고 보면 나도 좀 감이 있어. 그렇지 않아?"

칭찬해 달라는 것 같았다.

머리는 못 쓰다듬어 주겠지만, 호응은 해 줬다.

"그럼요. 그 말이 사실이라면 큰 몫을 해낸 거네요. 아주 큰 몫이요."

"그치? 하하하하하하."

"근데 세무서가 어딨는지 아세요?"

"알지. 근처에 있어. 왜?"

"들렀다 갔으면 좋겠어요. 물어볼 게 있거든요."

"알았다. 그리로 가자."

세무서로 먼저 간 선택은 아주 탁월했다.

회귀 전, 사회생활 짬밥이 있다고는 하나 내가 직접 세무서에 들를 일은 없었다.

친절한 분을 만나 법인 설립과 지분 관계, 필요 서류에 대한 주의점을 자세히 들을 수 있었다. 양식도 틀릴 때를 대비해 2부씩 챙기고.

작업실에 도착하자 조용길과 위대한 탄생이 대기하고 있었다.

간단한 인사만 하고 조용길과 이호진만 따로 불렀다. 명목은 법인 설립에 대한 회의다.

눈치 보던 유재한이 나가려고 해서 얼른 잡았다.

"어딜 가요?"

"나도…… 있어야 해?"

영문을 모르겠다는 표정이다. 투자한 것도 아니고 여기 있을 이유가 없다는 건데.

나는 달랐다.

"당연히 있어야죠. 대표인데."

"엉?"

"대표라고요. 재한이 아저씨가."

"뭐?!"

벌떡 일어난다.

다시 잡아 앉혔다.

"김칫국부터 마시지 마세요. 얼굴마담이니까."

"어, 어, 그래도……. 아니, 내가 왜?"

"그럼 내가 해요? 아님, 용길이 아저씨가 해요? 호진이 아저씨가 해요?"

"그야……."

"없죠?"

"……."

"아저씨가 아까 말하지 않았어요? 그 데모 테이프를 발견하고 용길이 아저씨한테 연결해 준 사람이 누구라고요. 큰 몫을 해냈다 자랑하지 않으셨어요?"

"그건……."

"그 말은 결국 우리 회사가 만들어질 아주 중요한 시초를 제공한 사람이라는 거잖아요. 용길이 아저씨 안 그래요?"

눈짓을 보냈다. 어서 그렇다 말하라고.

"어, 으응, 맞네. 재한이 네가 시작했으면 책임져야지. 난 재한이가 대표하는 데 찬성. 호진이 너는?"

"나도 당연히 찬성이지. 난 대표 같은 거 못하거든."

"저도 찬성이니 다수결에 의해 재한이 아저씨가 우리 회사 대표예요. 통과시킵니다."

재떨이를 들어 탁자를 세 번 쳤다.

탁 탁 탁.

"자, 이건 됐고. 다음 안건은……."

"야! 내 의견은 듣지도 않아?!"

"예, 필요 없고요. 다음은 법인 설립인데요."

들어 본 바 법인 설립에는 여러 과정을 거쳐야 했다.

법인 설립 등기라는 걸 먼저 하게 되는데 이는 회사의 성격을 먼저 결정하는 것이다. 개인인지 법인인지.

우리 회사는 시작 때부터 주식회사였으니 당연히 법인이다.

두 번째는 회사의 형태인데 주식, 합병, 합자, 유한을 정하는 거로 이것도 주식회사니 당연히 주식이었다.

세 번째는 서류였다.

상호를 정하고 운수업, 건설업 등 어떤 업종으로 할 건지, 자본금이 얼마고 주소지가 어디고 누가 대표이고 주주는 누구누구에 지분 관계는 어떻고……. 그걸 입증할 개별 서류를 첨부하여야 하는 걸 일일이 설명해줬다.

"세 분은 이사니까. 개인 인감이랑 인감증명서 2통에 주민 등록등본초본을 한 통씩 떼어 오세요."

"뭐가 이렇게 복잡해?"

"당연히 복잡해야죠. 돈과 관련된 건데. 이렇게 해야 나중에 세금도 확실히 책정하고 우리끼리 관리도 쉬워져요."

"나는 하라고 해도 못 하겠다."

"안 시킬 거예요. 다 전문가 뽑아서 할 생각이에요. 처음만 제가 잡고. 그렇잖아요. 곧 곡 쓰는 기계가 돼야 할 텐데 이런 일에 시간 뺏길 수는 없잖아요."

"그……렇긴 하지."

"그리고 사무실은 여기 작업실로 하면 되죠?"

조용길을 보았다.

"그야……."

"임시니까 여기 임대차계약서를 가져오시면 돼요. 그것만 있으면 나머지는 도장 파고 그런 거니까 금방 끝나요. 나중에 제대로 세울 건데 어디가 목이 좋을까요?"

"세운다고? 얻는 게 아니라?"

"돈 벌어서 세워야죠. 여긴 그냥 법인 설립하려고 빌리는 거예요. 번듯하게 빌딩 세워서 들어가야죠."

"빌딩이라고?"

"허어……."

"으음……."

조용길과 이호진은 정말 아무것도 몰랐다.

음악만 아는 사람들이라 설립에 대한 전문용어가 조금만 나와도 어지러워 비틀거렸다.

그나마 나은 사람이 유재한이라 그가 할 일이 아주 많았다.

"아저씨가 대표니까 적당한 곳에 땅 좀 알아봐 줘요. 아!

기왕이면 여의도 쪽으로 해 줘요. 거기가 방송국이 밀집됐으
니까요."

"어, 어, 알았어."

"명칭은 서류 구비 후 정하기로 하고요. 자, 오늘은 끝났어
요. 헤쳐 모이세요. 내일 서류가 다 모이면 바로 이름 정하고
설립하러 가겠습니다."

다음 날이 되자 서류가 다 모였고 난 그걸 들고 세무서로
갔다.

제출한 서류를 꼼꼼히 확인한 공무원은 나와 유재한을 자
꾸 번갈아 보았는데 내용이 맞느냐고 물어왔다.

"여기 주주명부가 확실한가요? 장대운 82%, 조용길 15%,
이호진 3%라고 쓰어 있는데."

"맞아요."

기가 팍 죽은 유재한 대신 내가 대답했다.

"앞에 계신 분이 장대운이신 거죠? 실질 소유주."

"그것도 맞아요."

"여기 장대운 씨 통장을 보니 5억5천만 원이 있던데…….
이 돈은 혹시 상속받으셨나요?"

"아니요. 제가 벌었고 투자받은 금액이에요."

"그거야 전화 몇 통이면 알 일이고. 어쨌든 여기에서 5억
원을 자본금으로 잡으시는 거 맞으시죠?"

"네, 맞습니다."

"그럼 마지막으로 묻겠습니다. 이 회사의 상호가 오필승 엔터테인먼트 맞습니까?"

자신 있게 대답했다.

"예, 맞아요. 앞으로 세계인의 마음을 휘어잡을 자랑스러운 이름이죠."

장고 끝에 결정한 이름이었다.

오필승 엔터테인먼트.

80년대에 걸맞게 '오필승 음반' '오필승 기획' '오필승 레코드'라고 지을 수도 있었지만 이렇게 상호를 지은 건 다 이유가 있었다.

해야 할 일도 있고 조금 더 복합적이고 다양한 의미를 주고 싶은 마음이 컸다. 앞으로 거의 모든 연예 기획사가 '엔터테인먼트'란 단어를 쓰는 것도 있겠지만, 최초가 주는 달콤함도 큰 몫을 차지했다.

엔터테인먼트는 '오락'이고 '쉬고 즐길 수 있는 여흥 거리'란 뜻이 있었다. 이것도 조사해 본 바 기원을 따지고 올라가다 보면 중세 프랑스어까지 갈 만큼 유서가 깊었다.

Entretenir(언터트니아). 좋은 상태를 유지함.

나로 인해 다른 이들이 편안해지는 것도 좋고 나도 이 좋은 상태가 유지됐으면 좋겠다는 염원을 담았다. 같이 행복해지자고.

오필승이야 언젠가 온 나라가 불러 줄 이름이라 당연히 오케이.

그래서 회사 이름이 오필승 엔터테인먼트가 됐다.

뿌듯뿌듯

비록 한몫 잡아 편히 살아보자는 당초 계획이 무지막지하게 틀어져 버렸다지만 나쁘지 않았다.

멋지니까.

남자가, 그것도 현대물 쓰는 작가가 회귀했는데 이 정도 획은 그어줘야 할 것 아닌가.

느그들은 다 됐졌어.

"은행에 다녀올게요."

"은행엔 왜?"

법인등기부 등본이 나왔다. 사업자등록증을 만들었다. '오필승 엔터테인먼트'라는 이름이 박힌 사업자등록증 원본을 액자에 넣고 고이 보관해 놓았다.

여기에서 끝난 게 아니었다.

주주명부, 법인인감과 인감증명서, 임대차계약서를 가방에 바리바리 싸 들고 은행에 가야 했다.

"아직도 뭐가 있는 거야?"

"있죠."

"하아……. 난 이거 준비하다가 말라죽겠다. 뭔데?"

"법인통장 만들어야죠. 돈이 오가려면."

"통장? 아아! 하긴 통장은 만들어야지. 그러네. 통장이 없었네. 근데 서류가 이렇게 복잡해? 그냥 사업자등록증만 가져가면 되는 거 아냐?"

"그럼요. 개인 통장도 아니고 법인통장인데요."

"……그렇구나."

"가까운 은행이 한미은행이던데 거기다 만들게요. 괜찮죠?"

"알아서 해라."

"다녀올게요."

"조심하고."

"옙."

이제 대표 직함을 받은…… 그러나 하는 일은 여전히 똑같은 유재한과 함께 은행 창구에 갔다. 준비한 서류를 쏟아 놓고 기다리길 10분.

오븐에서 바로 나온 따끈따끈한 오필승 엔터테인먼트의 법인통장을 손에 쥐었고 난 즉시 5억을 그 통장에 넣었다.

이제부터 진짜 시작이었다.

"먼저 들어가세요."

"으응? 어디 가려고?"

"변호사 사무실에 좀 가려고요."

"거길? 왜?"

"인사는 해야죠. 도와줬는데. 같이 가실래요?"

"아니, 난 싫다."

당한 게 남았는지 도리도리.

"알겠어요. 그럼 저 혼자 갔다 올게요. 이따가 오필승 엔터테인먼트 포트폴리오 설명회를 갖는다고 두 분께만 넌지시 알려 주세요."

"알았다. 잘 다녀와라."

"예."

유재한을 보내고 이학주 변호사 사무실로 직행.

가까운 거리라 한 손엔 바쿠스 한 박스도 들었다.

딸랑딸랑

현관종이 맑은소리를 냈다.

손님인가? 세월 좋게 신문이나 펼쳐보던 그가 나를 발견하곤 한쪽 눈썹을 올렸다. 왜 왔냐는 것이다. 말도 똑같이 나왔다.

"왜?"

"왜긴 왠가요. 인사차 왔죠. 후배가 선배 찾는데 꼭 이유가 있어야 해요?"

"그 선배 소리 좀……."

"그냥 인정하시는 게 마음 편하실 거예요. 전 계속 이렇게 부를 테니까요. 선배님."

"어휴~ 어떻게 이런 게 나왔는지."

"이거 드세요. 한국인의 자양강장제."

바쿠스를 하나 까서 내주자 또 잘 받아먹는다.

"왜 왔나?"

"용무가 있긴 해요."

"뭔데? 아니, 거 머시기 벌써 사고 터진 건 아니지?"

"제 얼굴이 사고 터진 얼굴인가요?"

"아니긴 한데……."

기본이 까칠하고 사람을 떨떠름하게 쳐다보는 단점이 있
긴 하나 그래도 양심이 장까지 살아 도달하는 어른이었다.

김새기 전에 얼른 용건을 말했다.

"저기…… 특허 좀 아세요?"

"특허?"

"예, 특허랑 상표권 좀 등록하려는데."

"상표권이야……. 회사를 차렸으니 그것 같긴 한데. 특허
는 또 뭐냐?"

"발명품을 하나 만들었거든요. 제가."

"발명품이라고?"

의외라는 눈빛이 나왔다.

"특허도 하세요?"

"아니."

"아……."

찾으러 다녀야겠구나.

"대신, 하는 놈을 알지. 불러 줄까?"

"좋죠. 바로 상담하면 시간도 절약되고요."

"오케이."

자리에 가서 수첩을 들춰 보고는 어디론 가로 전화했고 10

분도 안 돼서 어떤 사람이 사무실로 들어왔다.

"아이고, 변호사님. 어쩐 일로 이 미천한 변리사 따위에게 연락을 다 주셨습니까? 하하하하하."

"흰소리 말고 이리 와 앉아."

"넵, 소인은 시키는 대로 합죠."

순순히 않는 그를 두고 이학주가 말했다.

"너 특허 사무소 아직도 하지?"

"근근이 이어 가고 있죠."

"누가 특허 좀 내고 싶단다. 할래?"

"아이고, 변호사님의 추천인데 발 닦고 자다가도 튀어나와야죠. 근데 고객은요?"

두리번거린다.

아무리 봐도 어린애밖에 없다.

그러든 말든 이학주는 나한테 자기 할 말만 했다.

"오다가다 만난 사인데 이래 봬도 변리사다. 얘가 좀 덤벙대 보여도 일은 또 꼼꼼히 한다. 이름은 정홍식이고. 믿고 맡기면 원하는 걸 얻을 수 있을 거다."

"그런가요?"

"어……."

"뭘 황당하게 쳐다보냐? 고객 몰라? 여기 고객 있잖아."

"아, 예예."

계속 황당해하자 이학주는 도리어 날 보며 피식 웃었다.

"봐라. 이게 세상이다. 네 능력이 아무리 뛰어난들 보이는 건 어쩔 수 없지. 시간이 더 필요한 거 알지?"

"알아요. 하지만 통한다면 놀라움은 더 커지겠죠."

"그렇긴 하지. 야! 그만 쳐다보고. 내가 경고하는데 애라고 무시하지 말고 성심껏 들어. 네가 막 무시할 위치가 아니야."

"형님! 그래도 이건……."

"대운아, 난 소개해 줬다. 알아서들 하고 난 저기 가서 읽다 만 신문 좀 봐야겠다."

"감사합니다. 선배님."

"아냐, 선배님 소리는 좀."

인상을 찌푸리면서도 더는 뭐라 하지 않고 자기 자리고 돌아가는 이학주였다.

뺑찐 얼굴의 정홍식은 여전히 납득하기 어렵다는 표정이었다.

나도 슬슬 기분이 나빠 톡 쏴 줬다.

"이제 진정 좀 하시죠. 고객 앞에 두고 뭐 하시는 거예요?"

"아, 그게……. 으, 으으응."

"일 할 거예요? 말 거예요?"

"그야……."

"아저씨는 내가 우스워요?"

"아니, 그게 아니라."

"정신줄 좀 붙드시죠. 나 시간 없으니까."

"아, 알았다. 말해라. 특허를 등록하고 싶다고?"

자세를 바로 했다.

눈빛을 보니 이제 겨우 대화가 통할 것 같아 나도 가방에서 기저귀 샘플과 도면 그린 걸 내놨다. 사업체 등록하며 며칠간 짬 내서 만든 결실이었다.

"이건……?"

"뭐 같으세요?"

"이거 꼭 팬티 같은데? 뭐가 왜 이렇게 두꺼워?"

"기저귀예요."

"뭐?!"

옆으로 요즘 신식 엄마들이 쓰는 기저귀도 꺼냈다. 할머니랑 부쩍 친해진 우리 아파트 젊은 새댁에게 얻어 온 거였다.

일자형 기저귀.

"다르죠?"

"어, 어, 그러네."

"일자형 기저귀는 고무줄이 필수고 옆으로 잘 새잖아요. 이 기저귀의 특징은 팬티형으로 그냥 입히면 돼요. 착용감도 좋고 양옆으로 샘 방지 커버도 있어 샐 걱정도 없어요. 보세요. 버릴 때는 이렇게 싸면 끝. 어때요? 이거 팔면 아주머니들이 좋아할 것 같아요?"

"그야……."

정홍식은 기억해 냈다. 몇 년 전까지 자신도 아이를 키웠고 똥 기저귀를 도맡아 처리했다. 비위 약한 아내를 대신해.

그래도 변리사인데 하루만 미뤄도 일고여덟 장씩 쌓이는 천 기저귀를 빨며 자괴감에 빠진 적이 있었다. 어째서 이런 건 일회용으로 안 만드냐고.

그렇게 일회용 기저귀를 발견했을 땐 유레카를 외쳤다.

아무리 내 새끼라지만 똥에서 해방된다는 것만으로도 세상 전부를 가진 것 같았는데.

이건 그 정도와는 비교도 할 수 없이 월등한 제품이었다. 아이 눕혀 놓고 얌스럽게 기저귀 채우는 기술 따위 발휘할 필요도 없이 팬티처럼 착 올리면 끝. 어머나, 허리가 늘어나는 기능도 있다.

소름이 확 돋았다.

대박. 이건 무조건 팔린다.

변리사로서도 히트 친 특허를 출원해 본 경력은 너무나도 특별했다.

"맡으실 거예요? 안 맡으실 거예요? 빨리 얘기 안 하시면 다른 사람 알아보고요."

무슨 소리!

"안 맡긴 누가 안 맡는다 그래? 할게. 이거 바로 특허 출원하면 되는 거지?"

"상표권도 있는데."

"해 줄게!"

"의욕적이시네요."

"뭐든 다 할 수 있어. 다 해 줄게!"

"그럼 미국도 갈 수 있어요?"

"으응?"

"이거 들고 미국에도 갈 수 있냐고요."

"……미국?"

잠시 벙쪘다.

그러다 떠오른 어떤 사실에 기함했다.

"너 설마 미국에도 내려고?"

"당연하죠."

"미국이라고?!"

들썩들썩

일어날 듯 말 듯 잠시 주체를 못 하더니 또 무슨 생각이 들었는지 급히 내 손을 잡았다.

"너 설마 일본도, 다른 나라도 생각하고 있는 거야?"

"제 허락을 받지 않고는 누구도 이 기저귀를 못 차게 하고 싶은데요. 엇비슷하게 개발하는 것도 완전히 막아 버리고요. 할 수 있으세요?"

"잠깐만, 잠깐만, 들어가서 제대로 조사해 봐야 확실히 대답해 줄 수 있겠지만 난 이런 건 본 적이 없어. 완벽하게 먹힐 거야. 이게 그러니까 핵심은 세 가지지? 샘 방지 커버랑 팬티 형, 늘어나는 허리."

"파악이 빠르시네요."

"당삼!"

일회용 기저귀의 역사도 다른 신문물의 역사와 비슷하였다. 거슬러 올라가다 보면 우주 과학과 이어진다.

우주인들의 배변을 돕기 위해 개발한 것이 그 시작인데.

이걸 P&G가 1961년 팸퍼스란 이름으로 시장에 첫 출시했고…… . 이게 우주인에서 힌트를 얻었는지 순수 창작물인지는 알 수 없으나 일회용 기저귀의 일반화는 분명 P&G가 최초였다.

당연히 히트 쳤고 히트 치자 후발 주자로 킴벌리클라크가 나왔다. 미국은 현재 이 두 회사의 난타전이었다.

현재 최신 상품이 하긴스였는데.

5년 전 킴벌리클라크에서 나왔고 지금은 시장점유율이 10% 내외 정도 됐다. 초기형으로 조악한 테이프로 고무줄이 필요 없는 기능성을 자랑했으나 겨우 허리를 싸매는 수준이라 샘 방지 커버도 없고 늘어나는 허리 라인도 없고 더욱이 완벽한 팬티형도 아니었다. 참고로 팬티형은 89년에 나온다.

끝.

즉 이 특허가 출원된다면 난 전 세계 어머니들의 지갑에서 로열티를 받을 수 있었다.

물론 나는 이것에서 만족할 타입은 아니었다.

전 세계의 모든 여자가 기꺼이 로열티를 제공할 물건도 하나 있었다.

정홍식 앞에 생리대를 내놨다.

"이건……!"

"샘 방지 커버는 생리대에도 적용되는 거라 따로 만들어 봤어요. 이것도 내줄 수 있죠?"

"오오, 그렇구나. 샘 방지. 이게 핵심이었어. 맞아. 기저귀나 생리대나 원리는 똑같지. 어떻게 이런 생각을 한 거냐?"

"일 맡으실 거예요?"

"무조건 할 거야. 날 안 시켜 주면 도시락 싸 들고 쫓아다닐 거다."

밥이 다 됐다.

퍼 담기만 하면 된다.

"우선 북미 대륙 전체와 유럽 공동체, 일본에 내주세요. 착수금은 1천. 완료 후 1천을 더 드릴게요. 계약하시겠어요?"

"뭐?!"

딱 얼어 버리는 정홍식이었다.

생각지도 않은 금액의 역습인가.

상표권 같은 것들은 보통 5만 원이면 충분했다. 어려운 기술 특허도 10만 원에서 20만 원이면 떡을 쳤다.

그런데 2천을 불렀다.

넌지시 듣고 있던 이학주마저 신문을 내리고 눈을 휘둥그레.

"……너 화끈하구나."

"1년 안에 끝장 봐 달라는 거예요. 우선 심사권을 써서라도. 상표권 출원까지 포함, 그 금액에 턴키로 계약하고 싶은데 어때요?"

"우선 심사권도 알아?"

갑자기 목소리가 차분해졌다. 방금 전 열기가 다 신기루인 것처럼.

나도 자세를 똑바로 했다.

"두 배 비싼 것도 알죠."

"이거 나도 목숨 걸고 덤벼야겠네. 보통 고객이 아니었잖아. 돈을 이천이나 지르는 건 특허 따는데 돈 아끼지 말라는 거고. 맞지?"

"맞아요."

정홍식은 가만히 손가락으로 탁자를 두들겼다.

계산하는 방식인지 표정이 무척 진지했다.

그러곤 아주 차분한 목소리로 입을 열었다.

"동시다발적으로 가야겠어. 그러려면 팀이 필요해……. 알았다. 내가 몇 놈 챙겨서 바로 착수할게."

"계약하죠. 이 일이 잘 끝나면 다음 건도 맡길게요."

"또 있어?"

대답은 안 했지만, 당연히 또 생길 것이다.

미래에서 보던 것과 다른 것만 찾아내도 바로 돈일 테니. 다른 사람과는 달리 나에겐 길바닥이 곧 돈이었다.

"아참, 이름을 안 말했네요. 생리대든 기저귀든 커버는 에

코 라인으로 해 주시고요. 팬티형 기저귀는 크레이들(요람), 허리주름은 휴잇이에요."

"오케이, 조금만 기다려라. 좋은 소식 가져오마."

피차 필요한 건 다 인식했고 1백만 원짜리 뭉탱이 열 개가 불쏘시개로 던져지는 순간 계약은 완성됐다.

정홍식은 왜적과 싸우는 장수의 얼굴로 변해 밖으로 나갔고 이학주는 '너 진짜 보통 놈이 아니구나'란 찬사 아닌 찬사를 터트리며 박수를 쳤다.

한결 개운해진 난 다시 조용길의 작업실 겸 오필승 엔터테인먼트 사옥으로 갔는데 팥소 빠진 붕어빵처럼 조용길이 없었다.

"사장님이 급히 호출하셔서 지군레코드로 갔다."

"지군레코드? 왜요?"

"가끔 저렇게 불러. 일본 갔다 와서 못 만난 것도 있고. 공연 같은 거 상의할 때도 그렇고."

"그래요?"

"응."

그런가 보다 했다.

"그럼 포트폴리오는 내일 해야겠네요."

"그래야지."

어쨌든 큰일 하나는 치른 터라 가벼운 마음으로 집에 돌아갔더니 또 뜬금없는 사람이 한 명 거실에 앉아 있었다.

"어!"

"대운아."

"언제 오신 거예요?"

"이제 막 왔다."

조형만이었다. 일일학습 대구 칠성 영업소장.

며칠 전에 올라오라고 하긴 했는데 생각보다 빨랐다. 혼자다.

"가족들은요?"

"일단 대구에 있기로 했다. 아직 기반도 못 잡았고 아무것
도 모르는 곳인데 줄줄이 데리고 다니기 뭣해서."

나쁘지 않은 판단이었다.

지금은 속전속결이 중요하고 안정은 다음에 얻어도 된다.

그렇긴 한데.

그건 내 입장이고 이 양반마저 그럴 필요가 있나 싶었다.
풍기는 냄새부터가 그냥 올라온 게 티 났다. 동네 형님 말만
믿고 대책 없이 상경한 촌뜨기처럼.

순진한 건지. 진짜 나에게서 뭔가를 본 건지.

"알았어요. 무슨 얘긴지 알겠어요. 그럼 어디에 짐 푸셨어요?"

"지금 막 올라왔다. 짐은 차에 있고 이따 어디 여인숙이나
잡으면 된다. 걱정 마라."

"여인숙이요?"

"하루 이틀 잘 거면 2500원씩이믄 된다. 달세 잡으면 5~6
만 원 달라 칼 끼다. 그동안 잘 곳 알아보면 되고 니는 신경
쓰지 마라."

"……."

여관도 아니고 여인숙이라.

TV에서 본 적 있었다. 손바닥만 한 골방이 다닥다닥 붙은 곳. 군내가 펄펄 날릴 것 같은 곳.

순간 고개를 끄덕일 뻔했지만. 이건 아니었다.

조형만은 나 때문에 올라왔다. 여기저기 할 일이 많았고 그건 순전히 나에 대한 믿음에서 출발한다.

그런 사람을 여인숙에 박아 둔다?

있던 충성심도 사라질 것이다. 설사 이 사람에게 문제가 안 된다 하더라도 21세기를 살아온 나에겐 큰 문제였다.

어디 내 사람을 재울 데가 없어 여인숙에서 재울까.

"나가죠."

"어딜?"

"일단 따라와요."

밖으로 나가 아파트 상가 내 복덕방으로 향했다. 깡마르고 돋보기안경을 쓴 나이 지긋한 할아버지가 친구랑 장기를 두고 있다가 안경 너머로 슥 쳐다본다.

우리가 들어왔는데도 물끄러미 쳐다만 볼 뿐 아무런 말도 없기에 내가 먼저 꺼냈다.

"여기 남서울 아파트에 물건 있어요?"

"여기 단지에?"

그제야 장기알을 내려놓는다.

"예."

"세 들려고?"

"사려고요."

"뭐? 네가?"

안경을 벗고 나를 아래위로 훑는다.

묘한 분위기를 풍기는 할배다.

"제가 사면 안 되나요?"

"안 될 건 없는데……. 그럼 댁은 누구쇼?"

"지요? 일꾼인데요."

"사투리를 쓰네. 경상돈가 봐."

"있어요?"

"잠깐만, 기다려 봐."

무거운 엉덩이를 떼 자리로 가 장부 비슷한 걸 뒤졌다.

글이 잘 보이지 않는지 안경을 몇 번 맞추더니 나를 쳐다봤다.

"옳거니. 급매로 하나 나온 게 있다. 볼래?"

"보죠."

"허허허, 거 화끈하네."

"그런 말 자주 들어요."

"알았다. 가자. 김 씨. 그거 손대지 마. 내가 다 외워 놨으
니까 조금이라도 달라졌다간 파투날 거야."

"에헤이, 나 그런 사람 아니걸랑. 빨리 다녀오라고. 일 잘
되면 유산슬에 빼갈 어때?"

"시끄럽고. 유산슬이 얼만데 유산슬이야. 대신 내 짜장면
은 사 줄 수 있지."

"그것도 좋고. 하하하하, 잘들 보시고 오시게."

갔더니 우리 동과도 그리 멀지 않고 꽤 괜찮은 위치였다.

수도도 잘 나오는지 보고 화장실 물도 내려보고 베란다 창
문도 확인하고 마음에 들었다.

"이거 얼만데요?"

"본래 3천3백인데 주인이 3천에 내놨다. 돈만 주면 바로 나
간대."

"아직 살 만한데 왜 내놓은 거래요?"

"지방으로 발령받았나 봐. 1년 정도밖에 안 살았고……. 어
디 보자. 주변 평판도 좋아."

아파트에서 주변 평판은 무슨.

"아저씨, 생각은 어때요?"

"나? 난…….

표정이 얼떨떨하다.

여인숙 각오하다가 아파트를 봤으니 얼마나 좋을까.

"계약하죠. 오늘 당장 돼요?"

"돼지."

"주인분 불러 주세요. 전 돈 찾아올게요."

"알았다. 30분이면 될 거다."

이것도 속전속결이다.

나에게도 좋았다. 사 두면 오를 테니.

주인 앞에 돈 3천을 내놓고 계약에 들어갔다. 복비로 1만 원짜리 열 장을 손바닥 위에 딱 올려 주니 복덕방 할아버지는 입이 찢어졌고 등기부터 세금까지 자기가 다 해 주겠다 덤볐다.

그것도 맡기며 끝.

"내일 아침에 내려가셔서 이사 날짜에 맞춰 오세요. 가족들 다 데리고요."

"대운아……."

"난 내 사람 안 버려요. 가난하게 두지도 않고요. 여인숙 같은데 들어가는 건 더더욱 못 봅니다. 그러니 나만 믿고 따라와요. 적어도 돈 때문에 곤란을 겪게 하진 않을 테니."

"후우……. 알았다. 내 니 말이면 북괴에 가는 것도 마다치 않겠다."

비장한 표정을 짓더니 바로 차에 올라타는 것이었다.

바로 대구로 갈 기세라 말렸다. 장거리 운전은 피곤하니까.

"하룻밤 자고 내일 가시라고요."

"아이다. 내 지금 심장이 막 떨리고 벅차서 이대로는 잠 못 잔다. 빨리 가서 알려 줘야 되고……. 대운아, 며칠만 기다리라. 내 금방 다시 올게."

"쉬다 가시라니까요."

"아이다. 대운아, 정말 고맙데이. 내 정말 잘할게. 애들 때문에 목숨은 못 바치더라도 있는 힘껏 잘할게. 내 약속한다."

"알았어요. 그럼 조심해서 천천히 내려가세요. 절대 무리하지 마시고요. 알았죠."

"알았다. 주위 잘 살펴보고 천천히 내려갈게. 걱정 마라. 내가 다 알아서 하께."

부르릉

봉고차가 떠나갔다. 새 희망을 싣고.

나도 만족스러웠다.

조형만이 내게 기댈수록 내 일도 훨씬 수월해질 테니.

대신 할머니만 곤란해졌다. 조형만의 것까지 음식을 준비했는데 냄새도 안 맡고 대구에 가 버렸으니.

다음 날이 되어 작업실에 가자 이번엔 모두 모여 있었다.

조용길은 5집 녹음이 막바지이고 나는 회사 만드느라 정신없던 터라 참으로 어렵게 모인 자리였다.

좀 설레기도 하고……. 자본금 5억에 달하는 오필승 엔터테인먼트의 비전과 포트폴리오를 발표하는 시간이었으니.

"자, 시작해 볼까요?"

"잠깐만."

조용길이 막았다.

왜냐고 눈으로 물으니.

잠시 머뭇대던 조용길이 슬그머니 계약서를 하나 꺼냈다.

"이게 뭔가요?"

"곡에 대한 계약서다."

"곡이요?"

무슨 얘긴가 했다.

어제 급히 지군레코드에 간 이유인가?

어디서 샜는지…… 거기 사장이 나라는 인간이 있다는 얘기를 들은 모양이다.

지군레코드와 접점이 있는 사람이라면 조용길 외 유재한밖에 없는데.

슬쩍 유재한을 쳐다봤으나 아무것도 모르는 얼굴이었다.

무심코 흘린 건가?

어쨌든 조용길은 지군레코드 사장에게 반드시 그 곡이어야 한다고 설명했고 사장은 조용길의 확신에 들어 보지도 않고 일단 계약부터 하라며 먼저 보낸 것이다.

배포는 일단 마음에 들었다. 오아신스레코드와 함께 대한민국을 양분하는 거대 레코드사답게.

"계약금이…… 50만 원이네요. 일곱 곡이면 350만 원?"

"어, 그래."

잘 줬다는 건지 이거라서 미안하다는 건지 알쏭달쏭 미묘한 표정을 지었다.

다시 물어봤다.

"원래 신인들 곡이 얼마쯤 해요?"

"그게……."

"10만 원. 1원도 못 받을 때도 있고 50만 원이면 특급 대우해 준 거다."

유재한이었다.

재밌었다.

"그럼 용길이 아저씨한테 오는 곡은요?"

"다들 싸 들고 오지. 일 원 한 장 안 줘도 되니 제발 불러 달
라고."

"그럼 제가 영광인 거네요."

"아니야. 내가 영광이지. 네가 쓴 곡을 부를 수 있는데."

마음에 드는 대답이긴 했다. 위대한 탄생도 고개를 동의하
는지 끄덕였다.

하나 더 궁금해졌다.

"그럼 최고의 작곡가는 얼마 받아요?"

"그야⋯⋯. 곡당 100만 원도 받고 200만 원 받을 때도 있
고. 대중없어. 최고의 작곡가도 없어서 못 부르니까."

"그럼 작사가는요?"

"그건 잘 모르겠네. 얼마 전에 따로 3만 원 줬다는 소리를
들은 적 있는데. 밥 한 끼에 땡칠 때가 많다고 하더라고."

작곡가와 비교하면 전혀 인정 못 받는다.

"알았어요. 일단 계약서 좀 들여다보고요."

궁금했다.

이 시대, 이 바닥의 관례는 어느 정도인지.

그렇게 첫 장을 딱 넘기는 순간 서서히 오르던 호의가 썰물

처럼 빠져나갔다.

개판이었다.

보면 볼수록 곱씹으면 곱씹을수록 황당했다.

이건 저작권 판매 계약서였다.

돈 50만 원 줄 테니 잔말 말고 곡이나 내놓아라.

어이가 없으니 웃음이 나왔다.

"쿠쿠쿡."

"왜…… 웃어?"

"이게 안 웃겨요? 완전 코미디인데. 어! 코미디 하니까 심영래 아저씨가 생각나네요. 요새 되게 재밌던데."

"으응?"

"갑자기 무슨 말이냐고요? 이것 좀 보세요. 여기 갑과 을도 반대로 돼 있잖아요. 코미디가 아니면 이거 미친 거 아니에요? 어째서 지군레코드가 갑인 거죠? 제가 만들었는데 제 곡이잖아요. 그걸 왜 제 허락도 없이 돈 50만 원에 배포와 복제를 마음대로 하겠다는 거죠? 이 새끼들 완전히 날강도 아니에요?"

"뭐, 뭐가?"

조용길이 놀라 계약서를 들여다봤다.

"설명 안 들었어요? 계약하실 때? 배포와 복제를 제 마음대로 한다는 게 뭔지?"

"그게……. 당연한 거 아니야? 앨범을 팔려면 배포도 해야 하고 계속 찍어야 하는 거잖아."

조용길의 눈빛에 불안함이 깃들기 시작했다.

나도 화가 올라왔다.

"정말 그런 거라면 어떤 앨범에 쓸 거고 거기에만 한정해 놔야 하는 거잖아요. 언제든 자기 꼴릴 때마다 자기 맘대로 찍어도 되게끔 적어 놓으면 안 되죠."

"으응? 그게 무슨 소리야?"

"아저씨, 설마 이딴 계약서에 도장 찍으라는 거 아니시죠? 그럼 정말 실망일 것 같은데."

"아니, 난…… 무슨 말인지 모르겠어. 도대체 왜 그러는 거야?"

"이게 잘못된 게 안 보인…… 아!"

나도 모르게 열을 올리다 순간 깨달았다.

이 사람…… 음악밖에 모른다. 음악치(音樂痴).

그래서 오히려 다른 부분은 일반인보다도 못했다. 이 시대 자체가 저작권 개념이 없는 것도 있을 테고.

순식간에 여러 정보가 머릿속을 지나갔다.

마음이 급해졌다.

"아저씨."

"응."

"지금까지 지군레코드와 계약한 거. 그 계약서 가지고 있어요?"

"뭐?"

"1집부터 계약한 거 있을 거 아니에요. 없어요?"

"이, 있지."

"그거 다 가져와요."

"왜……?"

"빨리요. 지금 이러고 있을 시간이 없어요. 얼른 가져오세요. 당장!"

"알았다. 여기 작업실에 있으니까. 화내지 마라. 재한아, 그거 어디 있는지 알지? 얼른 가져와."

"알았어요. 형님."

기억났다.

조용길 이 양반…….

잘못된 계약으로 31곡이나 되는 히트곡을 지군레코드에 빼앗겼다.

나중에 부랴부랴 소송하고 대법원까지 갔지만, 또 패소.

25년 넘게 자기 곡을 자기 곡이라 주장하지 못하고 로열티를 빼앗겼다. 지군레코드는 진물이 맹물이 될 때까지 우려먹었고.

유명한 일이었다. 시나윈의 멤버가 이 사실을 SNS로 알리는 바람에 국민이 공노해 저작권을 되찾아 준 일이라 나도 잘 알았다.

그때 내 기억에 잘못된 계약의 시초가 86년이라 했는데…….

"이거 정말 장난 아닌데."

유재한이 가져온 계약서도 개판이었다.

이미 오래전부터, 1집부터 현재 녹음하는 5집까지 전부 지군레코드에 유리한 조항밖에 없었다.

이상했다. 그때 기사는 왜 86년에 계약을 잘못한 것으로
적었을까?

"후아~ 순 양아치짓만 해 놨네."

"왜?! 뭐가 잘못됐어?"

"잘못돼도 한참 잘못됐죠. 이 계약서대로라면 아저씨는 아
저씨 곡을 푼돈에 다 넘긴 거라고요. 조용길 작곡이라고 써
놓고 실제 주인은 지군레코드가 된 거죠."

"뭐라고?!"

"이것 봐요. 모든 저작물에 대한 저작권 및 그로 인해 파생된
모든 2차적 사업권을 포괄한다. 이게 무슨 개 같은 짓인지."

"대운아……."

"손해배상청구권 및 일체 작품 활동과 사업에 대한 모든
계약에 대한 권리를 양도한다. 쿠쿠쿠쿠쿡."

"……."

"수익 배분도 숫자로 안 적어 놨네. 수익이 나면 수익에서
소정의 금액을 지불한다?"

"대운아……."

"아저씨, 이 계약서대로라면 이 앨범에 담긴 곡들은 다 지
군레코드 소유예요. 아저씨 곡이 없어요."

이제야 일의 전후가 명확히 보였다.

시중에 '조용길 베스트'란 앨범이 시도 때도 없이 나온 이유.

악질에게 걸린 것이다.

그럼에도 조용길은 도무지 믿을 수 없다는 표정을 지었다.

속이 터져 소리쳤다.

"아저씨 것이 아니라고요. 아저씨 곡인데도! 아저씨가 아무런 주장을 못 한다고요!"

"아……닌데."

"대운아, 좀 더 쉽게 설명해 봐. 곡들이 지군레코드 거라는 게 무슨 소리야?"

참다못한 위대한 탄생도 끼어들었다.

그러고 보니 5집엔 저들의 곡도 다수 있었다.

"계약서대로예요. 지군레코드에 저작권을 양도하셨잖아요. 그 권리 일체를 돈 몇 푼에 판 거로 돼 있다고요. 물건 팔듯이 판 거라고요. 나중에 지들 맘대로 재탕해서 마구 찍어내도 한 푼도 못 받아요. 여기저기 뒤섞어 싸구려 앨범으로 팔아도 한마디 못한다고요."

"뭐야?! 그게 정말이야?!"

"어어, 정말이네. 다 양도한다고 돼 있어."

"씨벌, 우리 사기당한 거야?!"

"……."

부들부들

멍하게 서 있던 조용길의 손에서 계약서가 구겨졌다.

문을 박차고 달려 나갔다.

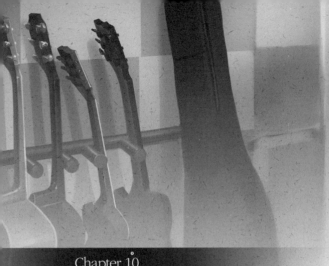

Chapter 10

"이게 사실입니까?"

"뭐야? 뭔데 그래?"

좋은 신인이 나타났다길래 곡 받아 오라고 계약서까지 줬는데 갑자기 사색이 되어 찾아와서는 따져 물으니 이게 뭔가 하는 지군레코드 사장이었다.

"이 계약서대로라면 제 곡이 사장님 소유가 된다는데 맞냐고요?"

"으응?"

내미는 계약서는 곡 받으라고 준 계약서가 아니었다.

조용길 5집 계약서였다.

"빨리 대답해 보세요. 아니죠? 아니라고 말해 주세요."

"잠깐만. 앉아. 이리 와 앉아서 얘기하자고."

서서 부들부들 떠는 조용길을 억지로 앉혔다.

"어서 말해 줘요. 이 계약의 내용이 정말입니까? 제 곡을 사장님이 무단으로 사용해도 된다고 써 있냐고요."

"허어…… 이 사람 비싼 밥 먹고 탈 났나. 왜 이렇게 급해?"

"지금 안 급하게 생겼습니까? 제 곡이 제 것이 아니라는데."

"조용히 안 해! 이게 어디 버르장머리 없이."

소리부터 지르는 김 사장이었다.

그제야 조용길도 일단 멈췄다.

상대는 업계를 대표하는 음반사 사장.

그 막강한 힘은 조용길이라도 무시할 수 없었다.

"용길아."

"네."

"너 나 못 믿냐?"

"사장님."

"나 못 믿냐고 새끼야."

"믿고 못 믿고가 아니라. 이 계약서의 내용이 사실이냐고 묻는 거잖아요. 대답만 해 주세요. 아니라고. 그럼 조용히 나 갈게요."

"허어……."

조용길은 이 상황이 너무 불안했다.

아니면 아니라고 말하면 그만일 텐데 쉽사리 입을 떼지 못하는 사장이라.

조용길도 점점 확신이 들었다.

"진짜군요. 진짜 내 곡을 다 빼앗아 가시려 했군요."

"그게 아니야! 내 말 좀 들어 보고……."

"아니긴 뭐가 아니에요. 저작권 및 그로 인해 파생된 모든 2차적 사업권 일체와 작품 활동 외 기타사업에 대한 모든 계약의 권리를 양도한다고 쓰여 있잖아요. 이 항목의 의미가 뭔데요? 난 이게 껄끄러운 일을 대신해 주겠다는 뜻으로 받아들였는데 애초 설명도 안 해 주셨잖아요."

"이 자식이 정말."

"내가 돈을 많이 달라고 했습니까? 장비를 사 달랐습니까? 1년에 한 장씩 앨범 내라고 해서 몇 년간 죽을 등 살 등 지금까지 쉬지도 않고 달려왔습니다. 그런데 이게 뭡니까? 사장님이 왜 내 곡을 마음대로 가져가시려는 거죠?"

"하아……. 이거 꼴 때리네."

지군레코드 사장은 갑자기 두통이 몰려왔다.

보통은 불만이 있어도 말 몇 마디면 대충 순응하는 애가 오늘따라 물러섬이 없다.

틀어져도 단단히 틀어진 모양.

설득이 쉽지 않겠다 여긴 지군레코드 사장은 입을 앙다물었다. 이럴 땐 쓰는 방법이 있었다.

"야! 조용길이."

"……예."

"거기 찍힌 도장 누구 거야? 내 거야?"

"이건……."

"그거 내가 찍었어? 다 네가 찍었잖아. 이거 갑자기 왜 이 래? 돈은 돈대로 다 받아 놓고 이제 와서 어쩌자고?"

"……."

"너 지금까지 일 누가 다 잡아 줬어? 너도 일하기 편하자고 다 양도한 거잖아. 그 덕에 지금까지 아무것도 안 하고 음악 만 했고 난 널 위해 그 외 제반 사항을 다 살폈어. 너는 너 할 일 하고 나는 나 할 일 하고. 그럼 된 거 아냐? 뭐가 문젠데?"

"……."

대답하지 못하자 지군레코드 사장은 아예 윽박질렀다.

"이 새끼가. 하아~ 진짜. 사람이 좋게 좋게 대했더니 내가 우스워?! 대마나 피우던 놈을 거둬서 사람 만들어 준 게 누구 야? 뭐?! 곡을 왜 가져가냐고? 당연히 가져가야지 새끼야. 내 가 돈 줘서 샀고 내가 키웠으면 내 꺼 아냐? 이게 키워 준 은 혜도 몰라보고 어디서 두 눈 똑바로 뜨고 대들어!"

이 정도면 끝날 줄 알았다.

보통은 여기까지 오면 꼬리를 마니까.

지군레코드를 거역하고는 이 바닥에서 살아남을 수 없으 니까.

하지만 조용길은 달랐다.

"……씨이."

"뭐?!"

"애초부터 가져갈 생각이었구만."

"너 지금 뭐라고 했어?!"

"날도둑놈의 새끼."

조용길 벌떡 일어나자 지군레코드 사장도 덩달아 일어났다.

"뭐 날도둑놈?! 이 새끼가 진짜 한 대 처맞아야 정신 차리려나."

"다 돌려줘. 그럼 나도 아무 말 안 하고 모든 게 원점으로 돌아갈 거야."

"지랄을 하네. 계약을 나 혼자 하는 거냐? 이미 도장 찍고 돈까지 지불한 걸 왜 네가 달라는 거야? 아 몰라. 법대로 해. 누가 너 같은 거 무서워할 줄 알아. 새꺄?!"

"나도 이제부터 당신과 일 안 할 거야."

나가려는데 지군레코드 사장이 소리쳤다.

"계약대로 안 움직이면 소송에 걸릴 거다. 분명히 말했다. 이거로 네 인생 끝장나고 싶으면 나가든가 말든가."

"맘대로 해라. 도둑놈아. 난 이제 네놈이랑 일 안 해. 나쁜 놈의 새끼야."

뿌리치고 나갔고 열 받은 지군레코드 사장은 탁자를 뒤엎었다.

씩씩거리면서도 더 극한으로 나가지 않은 건 조용길이 혼자 할 수 있는 게 없을 거로 생각해서였다.

지금은 방방 뛰지만 금세 제풀에 지쳐 돌아올 거라고.

하지만 음악만 알던 음악치의 분노는 그의 예상보다 훨씬 컸다.

이 사실이, 지군레코드 대표 가수가 보이콧한 일이, 그 가수가 하필 조용길이란 것이 입소문으로 퍼지며 기자들이 벌떼처럼 몰려왔다.

군부의 통제 아래 언론이 기어 들어가던 시대였다.

무엇을 적어도 거미줄 같은 검열에 걸렸고 글줄의 사상이 조금이라도 불손했다간 바로 호출당해 곤욕을 치를 때.

쓸거리 즉 특종에 목마른 기자들에게 조용길의 활동 중단은 말라 가는 논에 내린 단비였다.

모든 언론이 일제히 이에 대해 대서특필했다.

【조용길, 활동 중단 선언. 집중적으로 파헤쳐 본다】

【그는 어째서 활동을 중단할 수밖에 없었나?】

【긴급 특보. 조용길이 자기 곡을 빼앗겼다】

【풍문이 사실이었다. 눈 감고 있다가 코 베이는 일이 진짜 발생했다】

【대담. 조용길 사건. 어떻게 이런 일이 가능한 건가?】

【요즘 소문 무성한 저작권이란 무엇인가?】

【조용길 사건으로 풀어 보는 지적 재산권에 대한 진실】

【우리나라 지적 재산권. 이대로 괜찮은가?】

【현대판 홍길동. 자기 노래를 자기 노래로 부르지 못하는 기구한 사정】

【조용길의 노래를 빼앗은 지군레코드 김 모 사장. 그는 대체 누구인가?】

【특종. 지군레코드 전속 가수와의 인터뷰】

【지군레코드, 그들은 정말 양심도 없는 악마인가?】

초반, 언론이 조용길에 집중할 때만 해도 지군레코드 사장은 담담했다.

그깟 전화 항의? 사회적 지탄?

코웃음 쳤다.

1954년 설립한 이래 산 넘고 물 건너 바다 건너 공중전까지 치른 사람이 바로 자신이었다.

"이 바닥에서 자란 잔뼈가 얼마인데 말이야!"

이딴 이슈 정돈 곧 조용해지리라 믿었다. 조용길도 다시 손안에 들어올 거라 생각했고.

하지만 그 불이 점점 지군레코드 쪽으로 번져 오고 있었다.

곧 찾아낼 예정이지만, 어떤 싸가지 없는 전속 가수의 인터뷰가 가뜩이나 험악한 분위기에 휘발유를 부었다. 신상이 마구 까발려지면서부터 슬슬 똥줄이 타기 시작했다.

직원을 불렀다.

"야! 조용길이 지금 어딨어?!"

"그게 작업실에도 집에도 없습니다."

"아 씨발, 어딜 간 거야?! 빨리 그 새끼부터 찾아. 이 새끼 잡히면 내가 가만히 안 둔다. 내가 이렇게 죽을 것 같아? 나 혼자 죽을 것 같냐고?!"

"사장님……."

"만들라는 고소장 어떻게 됐어?"

"만들어 놓긴 했는데…… 사장님, 그만하시면 안 될까요?"

"뭘 그만해. 새끼야. 뭘 그만하냐고!"

구둣발이 조인트를 깠다.

"아욱."

"한 번 봐주면 다 봐줘야 하는 거 몰라?! 가서 말해. 어떤 놈이든 여기에 편승해서 까불었다간 가요계에서 매장시켜 주겠다고. 알았어?!"

"예, 예."

"빨리 가 인마. 법원에 고소장부터 접수해."

"네, 넵."

얼른 나가려 했으나 지군레코드 사장의 말을 멈추지 않자 직원은 멈칫 기다렸다.

"근데 씨불, 이상하단 말이야. 앨범만 내주면 고분고분했 던 놈이 이걸 어떻게 알았을까? 설마 새로 왔다던 그 작곡가

놈이 수작을 부린 거야?"

"저, 그게……."

"뭐야?! 너 뭐 아는 거 있어?"

"……저번에 말씀드렸잖아요."

"엉? 니가 무슨 말을 했는데?"

"재한이가 조용길이랑 변호사 사무실에 갔다가 호되게 당한 적 있다고요. 변호사가 상종을 못 할 놈이라고 손가락질했다고요."

"변호사! 아아, 그거구나!"

무릎을 탁 쳤다.

"그 변호사 놈이 쓸데없는 말을 지껄였구만. 어떤 놈인지 절대로 가만 안 둔다."

"……."

"넌 뭐 하고 있어. 인마! 빨리 안 가! 빨리 가서 고소장부터 접수시켜. 이 새끼 아주 손이 발이 될 때까지 빌어야 봐줄 거야."

"정말 하실 거예요? 안 그래도 욕먹느라 수명이 느는 기분인데."

"그럼 망할래? 하나하나 다 주고 나면 나는 뭐 먹고 사는데?"

돈을 집에 쌓아 두고 사는 사람이 망해? 란 말이 목구멍에 박혔지만, 직원은 내뱉지 않고 얼른 나갔다.

사장이 이럴 때는 말이 통하지 않고 잘못했다간 그 불씨가 자신에게로 옮겨붙는다는 걸 알기 때문이었다.

61

그렇게 다음 날 기사가 터졌다.

【지군레코드. 조용길을 계약 위반으로 고소하다】

【활동 중단으로 인한 손해액 책정이 무려 10억 원. 초대형 손해 배상 소송의 시작】

【우리의 가수 조용길. 이제 어떻게 되나?】

【10억 원이란 손해 배상액의 근거는?】

【노래도 잃고 돈도 잃고…… 우리 사회는 정의도 잃었는 가?】

【긴급 속보. 지군레코드 김 모 사장 최측근 인터뷰】

【조용길 vs 지군레코드. 한 치의 앞도 보이지 않는 수렁 속 대치】

【법인가. 인간적 도리인가. 그것이 문제로다】

이럴 때 난 조용길 5집 계약서 사본을 들고 이학주를 찾아 갔다.

오늘도 여전히 신문을 읽느라 정신없던 그를 붙잡고 일의 자초지종을 설명했다.

"어렵나요?"

"결론적으로 말하면 어렵다. 계약서상으로는 아무런 하자 가 없어. 지군레코드는 조건을 다 이행했으니까."

"구제도 안 돼요?"

"인간적으로는 불공정이 맞는데 해석에 따라 물건을 사고 판 거로도 볼 수도 있다. 특허도 사고팔 수 있는 건 알지? 이 것도 그 개념으로 간다면 승산이 없다."

"……그렇군요."

"안타깝군. 그래 조용길은 지금 어떠냐?"

"사람에 대한 실망이 커요."

공감하는지 이학주가 고개를 끄덕였다.

"안 그래도 이 문제 때문에 여러모로 말이 많던 차였다. 지적 재산권에 대한 방비가 너무 허술하다는 거지. 일방적인 계약이 많으니까. 곧 올림픽도 개최하는데 구시대적인 법령으로는 다른 국가와의 경제적 협력에도 문제의 소지가 많다는 예견이 돌고 있다."

가만히 듣고 있는데.

이게 맞는지 모르겠지만 돌연 조용길 저작권 분쟁이 1986년이라고 적은 이유를 알 것 같았다.

"아아~ 그래서 그렇게 적었구나."

"뭐가?"

1986년에 이르러서야 우리나라는 선진국과의 경제 협력을 위한 방편으로 저작권법을 개정한다.

그것에 발맞춰 지군레코드도 이전 것들을 통합하는 계약을 새로 한 것이 분명했다.

아마도 적당히 얼러 가며 같은 내용이라 얘기했겠지. 나라에서 새로운 법령이 나와 그에 호응해야 한다며 티 안 나는 방송권과 공연권을 쥐어 주는 대신 핵심인 배포권과 복제권을 날름 삼킨 것이리라.

그 때문에 조용길은 자기 자식과 같은 곡을 25년 넘게 빼앗겼고 그 시간 동안 지군레코드는 곡들이 가루가 될 때까지 우려먹었다.

악질들.

"알겠어요. 이쪽으로는 승산이 없다니 다른 방법을 찾아봐야겠네요."

"그러냐? 힘이 못 돼 미안하다."

"아니에요. 이렇게 상담해 주시는 것만도 큰 힘이세요."

"허허허, 녀석. 이제 집으로 가는 거냐?"

"네, 가서 곰곰이 생각해 봐야죠. 무엇이 가장 좋은 방법인지."

조용길은 우리 집에 있었다.

다 큰 어른이라도 예상치 못한 일이 터지면 갈 데가 없는 건 마찬가지라.

활동 중단 선언을 했다길래 가 봤더니 멍하니 앉아 있었다. 얼른 데려왔는데 아직 뭐가 뭔지 모르겠다. 이 끝이 어디인지.

운전 중인 유재한을 보았다.

"아저씨, 이번에도 지군레코드에 쪼르르 달려가서 말할 거예요? 용길이 아저씨, 우리 집에 있다고요?"

"무슨 소리야! 내가 왜 그걸 말해!"

"그럼 지군레코드가 내 존재를 어떻게 알아요? 용길이 아저씨가 가서 말했어요? 거기 들락거리는 건 두 사람밖에 없잖아요."

"그야……."

멈칫대는 게 기억나나 보다.

고개를 푹 숙인다.

"대표까지 되셨는데 구분은 하셔야죠. 이런 유는 보안이 생명인 거 모르세요?"

"……."

"이번에 큰 공부하신 거예요. 나중에 기자들 만나더라도 할 말이 없다고만 외우세요. 말 한마디 잘못했다간 다 용길이 아저씨한테 화살이 돌아가니까요. 아셨죠?"

"……미안하다."

도착하니 할머니가 황급히 달려왔다.

뭔가 했더니.

"우짜믄 좋노. 괜찮다고 자꾸 술만 달라 칸다. 벌써 몇 병을 마셨는지 모르겠다."

"얼마나 줬어요?"

"다섯 병이다."

"아아, 그 정도는 괜찮아요. 평소 주량의 반도 안 돼요."

조용길에게 소주 몇 병은 입가심에 불과했다.

'수지 큐', '못 생겨서 죄송합니다', '콩나물 무쳤냐?' 등으로 일세를 풍미 중인 코미디언 임주일과 만나면 무조건 각 20병씩 때렸다는 일화는 연예계에서도 공공연한 비밀이었다. 둘이 아삼륙인 것도.

그런 사람이 겨우 다섯 병으로 참는 것이다. 속이 문드러질 텐데도 우리 집이라서 말이다.

"그건 뭐예요?"

"안주다. 아무리 그래도 안주는 먹어야 하지 않겠나. 빈속에 술 마시믄 속 다 베린다."

동태탕이었다.

"저 주세요. 제가 가져다 드릴게요."

"그랄래? 그라믄 또 필요한 거 있으면 말해라."

"소주 다섯 병만 더 들여 주세요. 안주가 좋으니까 몇 병 더 마셔도 되겠죠."

"진짜로? ……알았다. 그리 잘 마시면 그 정도는 마셔야 잠이 오겠지. 내 금방 다녀올게."

"예."

들어갔더니 벽에 기대 창밖만 내다보고 있었다. 담배 한 대 폴폴 물고.

우리 집은 금연인데 하고 말릴까 하다가 놔뒀다.

이때는 집이고 차고 회사고 청와대까지 입에 담배를 물고 다녔으니까. 작업실에 들어가면 연기의 정글이고.

"왔냐?"

"할매가 아저씨 드시라고 동태탕 준비했대요. 같이 드세요."

"동태탕을? 이거 내가 좋아하는 건데."

김치찌개를 더 좋아하시잖아요. 내일은 돼지고기 숭숭 썰어 넣은 거로 준비해 드릴게요.

한 수저 뜨더니 좋다고 살코기도 발라 먹고 이리도 잘 떠먹는다.

할머니가 소주를 다섯 병 더 넣어 주자 입이 함지박하게 떠져 좋아했다.

나는 가만히 앉아 술 시중을 들었다.

잔이 비면 따라 주고 김치가 모자라면 더 가져오고.

그렇게 다섯 병까지 다 마신 후에야 조용길은 입을 열었다.

"나 이제 다 끝난 거지?"

"……10억 손해 배상 청구에 들어갔대요."

"10억? 쿠쿠쿠쿡, 그 도둑놈의 새끼가 곡 빼앗아 간 거로는 만족 못 하나 봐. 기어이 날 죽일 생각이네."

"심정이 어떠세요?"

"글쎄, 뭐랄까……. 울컥 올라오기도 하고 허망하기도 하고 왠지 홀가분하기도 하고 나도 잘 모르겠다."

표정부터가 왠지 그럴 것 같긴 했다.

"솔직하시네요. 허세도 안 부리시고."

"허세? 나한테 그런 게 남아 있겠냐?"

"왜요? 제가 아직 있잖아요. 이 장대운이가."

"대운이 네가?"

씨익 웃는다.

그러다 멋쩍은 말투로 내 어깨를 두드려 주었다.

"그럼 우리 대운이가 내 옆에 있는데 말이야. 괜찮지."

그러든 말든.

"하나 말씀드려도 돼요? 화 안 내겠다고 약속해 주시면 얘기하고요."

"화내지 말라고?"

"남자의 자존심과 관련된 문제라 조심스럽네요."

"해라. 까짓것 이 판에 너한테까지 자존심 세울까."

"좋아요. 그냥 제 생각을 말씀드릴게요. 사실 돈 문제는 아무것도 아니에요. 10억을 걸든 100억을 걸든 눈 하나 깜짝하지 않을 자신이 있으니까요. 5년 안에 싹 갚아 줄 수도 있고 5년간 질질 끌 수도 있고요."

"으응? 질질 끌 수도 있다고?"

늘어진 허리를 바로 세운다.

"그럼요. 얼마든지요."

"법원에서 판결하면 다 줘야 하는 거 아냐?"

"그렇긴 한데 상대가 더럽게 나오는데 우리만 정도를 걷는 건 아니잖아요. 안 되면 고등법원에 제소할 거고요. 그것도 지면 대법원까지 올라갈 거예요."

"그렇게도 가능해?"

"출석도 안 하고 지지부진하게 끌면 5년은 금방 가요."

"허어……."

"근데 그게 문제예요."

"뭐가?"

"아저씨의 5년이요. 그건 돈 100억을 주더라도 못 사잖아요."

"……."

입을 다무는 조용길이었다.

지금이라도 가능하다면 음악 하고픈 생각밖에 없을 것이다.

그러나 그래 봤자 남 좋은 일이 아닌가. 특히나 그 더러운 자식에게 좋은 일은 할 수 없었다.

딜레마였다.

조용길을 움직이지 못하게 하는 올무.

나조차도 이것만큼은 어떤 해법을 찾지 못했다.

"일단 쉬세요. 이 또한 나중에 아저씨 음악의 자양분이 될 테니까요. 설마 이딴 일로 음악을 관두실 생각은 아니시죠?"

"……."

"원래 비 온 뒤에 땅이 더 단단해진다잖아요. 저도 방편을 찾아볼 테니 조금만 더 견뎌 보자고요."

"……알았다. 며칠만 더 신세 지자."

◇ ◆ ◇

69

"장관님, 출발하겠습니다."

"그래."

아침부터 청와대 호출이었다.

장관이라도 원래 5분 대기조 같은 인생이라 시도 때도 부르는 건 이미 익숙해진 일이다. 그래서 새삼 떠들 일도 아니었지만, 오늘따라 들어가는 길이 꺼려졌다.

이상하게도.

"⋯⋯."

내키지 않았다.

예전, 아주 예전,

같이 소주 마시던 친구에게 충성 맹세를 했던 5월 16일의 그날처럼.

"올림픽대로가 막히는 것 같습니다."

"신 비서야, 마포대교는 무너졌나?"

그러고 보면 요 몇 년 다사다난했다. 생명의 위험도 많이 넘기고 특히나 1979년과 1980년은 피 말리는 긴장의 연속이었다.

"⋯⋯."

전 대통령의 죽음.

1961년부터 대한민국을 좌지우지하던 유신정권이 무너지고 온 나라가 민주화에 대한 열망을 터트리며 봄날을 기대했다.

하지만 무능한 내각은 어째서 저런 인물들을 뽑아냈는지 알 수 없을 만큼 제 기능을 하지 못했고 우왕좌왕하다 정권을 빼앗겼다.

그때 친구가 어떻게 움직였는지 똑똑히 봤다.

"허수아비 최 주사."

"예?"

"아이다. 가기나 해라."

허수아비는 열 달 동안 대통령직에 있던 덩치 큰 남자를 가리키는 은어였다.

멍청한 작자.

대통령에, 국군통수권자가, 고작 별 두 개 소장에 불과한 놈에게 눌리기나 하고.

친구는 허수아비 놈이 담배나 태우며 어떤 결정도 내리지 못하고 놀고 있을 때 뱀처럼 교활하게 중정부장 서리를 낚아챘고 대한민국의 정보를 한 손에 움켜쥐었다.

한 해 800억에 달하는 중정 예산을 마구잡이로 휘둘러 단 1년 만에 100억이 넘는 비자금을 빼돌렸다.

그게 다 정치 자금이었다.

'비슷하던 친구와 격차가 크게 벌어진 결정적인 사건이지.'

그때 허수아비는 무엇을 하고 있었나?

아니, 그 유명한 삼김마저 친구의 중정부장 서리 취임을 별일 아니라고 떠들었다.

다들 대통령 자리를 하늘에서 뚝 떨어진 행운으로 여겨 세상이 어떻게 돌아가는지 전혀 관심 없었다.

'별 두 개짜리가 별 네 개짜리 합참의장을 제낄 때에만 움직여 줬어도 늦지 않았을 텐데.'

그랬다면 5.17 쿠데타는 없었고 세상은 또 달라졌을 것이다.

하지만 누구 탓할 것은 아니었다. 친구가 어떤 인물인지, 어떤 야심을 품었는지, 전혀 파악하지 못한 건 자신도 마찬가지였으니.

그 죄로 모두가 고통당하는 중이다.

무능이 죄라면 자신도 포함 사형감.

그리고 다음 날,

우리 군이 우리 국민을 쏴 죽이는 일이 벌어졌다. 서울의 봄은 애초부터 없었고 책임지기도, 죽기도 싫었던 허수아비는 조용히 하야를 선택. 그 결과가 제5공화국의 출범이었다.

노태운은 그제야 눈에 씐 뭔가가 벗겨지는 기분이 들었다.

"모래성을 바위성이라 착각했구나. 주춧돌을 쌓을 생각은 않고 신기루만 보고 있었어."

"……."

"아야, 신 비서야."

"예, 장관님."

"니 내를 얼마나 따라다녔노?"

"올해로 3년 차입니다."

육군 대장으로 예편하고 정치에 입문할 때부터 만난 아이라.

똑똑하고 일 처리가 확실해 그동안 끼고 있었는데.

이제 어찌하려나?

"니는 내 옷 벗고 나면 어떻게 할 끼고?"

"예?"

"천년만년 장관질 할 수 없다 아이가."

"아…… 그게 생각해 본 적 없습니다."

생각해 본 적 없다라.

정답.

"하긴 그러겠지. 그때도 다들 생각해 보지 못했으니까. 알 았다. 빨리 가자. 각하께서 기다리시겠다."

"예, 알겠습니다."

믿지 않으려 했으나 믿고 싶지 않은 일이 다가옴이 피부로 느껴졌다.

아니었으면 좋겠는데.

그러나 불행은 늘 원하는 것과 반대로 찾아오기 마련.

쓸쓸한 마음에 들고나온 신문을 집었다.

'조용길 손해 배상 제소'라는 타이틀이 자극적으로 시선에 잡혔다. 그가 노래 부르는 장면과 함께.

이 사람도 빨대 꽂혀 빨리다 버려지는 모양이다.

청와대에 도착했다.

집무실에 들어가니 친구가 커피를 들고 있었다.

"어서 오시오. 한잔하시겠소?"

의례 던지는 말이었다.

알지만. 오늘따라 왠지 반격하고 싶었다.

"주이소. 지도 한잔 무 보입시더."

"그럴까요? 어이, 비서실장, 한 잔 더 내와라."

대기 중이던 비서실장을 내보내면서도 친구는 커피를 기다리지 않았다.

용건이 바로 나왔다.

이런 놈이었다. 내 친구는.

목적이 제일 중요한 사람.

"이제 슬슬 움직일 때가 안 됐소?"

"예?"

"올림픽도 그렇고 아시안 게임도 그렇잖소. 주변에 믿을 만한 사람이 없어."

"……그 말씀은?"

"마무리 좀 잘 지어 주소. 아무리 봐도 그걸 다 싹 해낼 사람이 노 장관밖에 없다 아이오."

씨벌놈이. 결국 내보내네.

지를 여기까지 물심양면으로 도운 사람이 누군데?

스스로가 한심했다.

겨우 이 꼴을 보려 그 험난한 길을 걸었나 싶기도 하고.

저 멀리 미국에서 쓰리허가 웃는 소리가 들리는 것 같기도 하다.

울컥 올라왔다. 예감은 했다지만.

이따위로 밀리다니. 이 노태운이가…….

엿 같았다. 내무부 장관 자리도 사실 호의보단 이 몸의 경력에 흠집 내려던 것이었다. 워낙에 사건사고가 많이 터지던 때인지라.

탁자 아래에 있던 주먹이 콱 쥐어졌다.

한번 뒤집어엎어?

그런데 저건 뭘까?

왜 그 꼬마 녀석이 저 뒤 병풍 언저리에서 손을 흔들고 있을까? 안 된다고 한다.

'그래.'

납작 엎드리라고 했던가? 이무기가 지금은 내치지만 또 부를 날이 있을 거라고? 그때 아구통을 후려갈기라고?

씨벌.

좋다. 내 더럽고 아니꼬워서 옷 벗는다.

"……발령은 언제입니꺼?"

"내달 1일이오."

고작 며칠 남았…….

이게 사선을 같이 넘어온 친구와 현직 장관에 대한 예우인가?

12·12 때 이 새끼부터 쏴 죽였어야 했나?

"알겠습니다. 분부대로 하겠습니다."

"안 섭섭하오?"

"섭섭키는예. 지야 각하의 부름에 움직이는 사람인데예.

75

물건을 쓰고 말고는 주인이 결정하는 거 아입니꺼. 낸중에 필요하시면 또 쓰시면 됩니더."

결국 커피는 못 마셨다. 나오다 보니 비서실장이란 놈도 전혀 준비하지 않았다.

금방 나갈 걸 알았던 모양.

역시 씨벌놈들.

조용히 아무 말 없이 차에 올라탔다.

"집무실로 갑니까?"

"아이다. 됐다. 집으로 가자."

"알……겠습니다."

집으로 가면서도 속으로 온갖 욕이 다 튀어나왔으나 입 밖에 담지는 않았다.

차에서 내리는데 손에 어떤 이질감이 걸렸다.

아침에 가지고 나온 어제 석간신문이었다. 괜히 손이 멋쩍어 들고나온 것.

그걸 쥐는데 조용길의 얼굴이 또 보였다.

"……."

걸어가는 내내 꼬마 놈과 조용길, 친구의 얼굴이 번갈아 보였다.

그러고 보니 저번에 다짐도 하나 했다. 이 일이 진짜 벌어진다면 다시 한 번 찾아가기로.

"아야, 신 비서야."

"예, 장관님."

"이것 좀 알아보기라."

신문을 던져 줬다. 신 비서는 무슨 얘긴지 금세 알아듣고는 밖으로 나갔다.

그가 다시 돌아왔을 때는 1시간도 안 지났을 때였다.

무슨 일이 벌어졌고 이 일이 벌어진 원인이 무엇이고 현재로선 법적 책임을 물을 순 없다는 것까지 사진 두 장과 함께 브리핑했다.

외통수란다.

웃어 줬다. 이 시대 권력에 외통수가 어디 있나?

"아나, 신 비서야, 내가 누꼬?"

"내무부 장관님이십니다."

2020년의 행정 안전부 장관직과 동일.

행정 일반과 행정 조직, 선거 지원, 치안, 소방, 민방위, 인구 조사를 담당하는 일반직, 별정직 공무원의 정점.

그랬다. 아직은 장관이었다.

"눈에 거슬린다."

"알겠습니다. 알아서 처리하겠습니다."

"똑띠 해라. 국민이 화내는 거 보이제?"

바로 알아들은 신 비서는 나갔다.

"이 정도면 다시 만날 명분은 되겠제?"

그날 오후 지군레코드 사장은 어디선가에서 온 전화를 한

통 받게 된다.

"여보세요? 아이고, 예예. 서장님, 어쩐 일이십니까? 헤헤."

[김 사장, 요새 공사다망하대요.]

"아이고, 서장님 귀에까지 들어가 버렸네요. 죄송합니다.
좀 그렇게 됐습니다. 아새끼 하나가 자꾸 뛰쳐나가려 해서 교
육 중입니다."

[하하하, 김 사장은 아주 신났나 보네요. 누군 지금 목이 간
당간당하는데.]

"예?"

[……조용길이 어쩌실 생각이세요?]

"그야……."

[그냥 좋게 끝내세요. 내가 이 일 때문에 청장님께 꾸사리
먹어야겠습니까?]

"예? 청장님이요?"

[긴말 안 합니다. 원래대로 돌려놓으세요. 지금 시국이 어
느 때인데 국민을 화나게 합니까? 이거 사회 혼란이에요. 사
회 혼란 조장.]

"……."

[왜 대답이 없어요? 김 사장, 아직 상황 파악이 안 됩니까?
위에서 김 사장을 보고 있어요.]

"……."

[이 사람이 정말 큰일 낼 사람이네. 남영동에 한번 끌려가

봐야 정신 차리겠구만.]

"예?!"

[경찰 선을 떠났다고 이 등신 새끼야. 술자리 몇 번 하고 대우해 주니까 세상을 다 가진 것 같아?! 이게 어디서 버티고 지랄이야. 시키면 시키는 대로 해!! 죽고 싶지 않으면.]

"서, 서장님⋯⋯."

[나는 부르지도 마. 개시키야. 이게 어디서 같이 놀려고. 광대 딴따라 새끼가.]

"아, 아닙니다. 죄송합니다. 서장님, 죄송합니다."

[내 그간 오간 정이 있어 하나 알려 주는 건데. 조용길이부터 잡아. 걔 놓치면 넌 죽어. 알았어?]

"네, 네넵, 명심하겠습니다."

[똑바로 하라고!]

"반드시 원래대로 돌려놓겠습니다. 믿어 주십시오."

[진짜 그럴 거요?]

"옙!"

[아이고, 이제야 김 사장이 좀 내가 아는 사람 같네요. 김 사장, 그깟 돈 몇 푼에 인생 걸지 맙시다. 모르오? 소나기 내릴 땐 몸 사려야 하는 거. 내 분명 경고했으니까 알아서 처신하세요. 이게 뭡니까? 가오 떨어지게. 또 전화 안 합니다.]

"아, 알겠습니다. 열심히 하겠습⋯⋯."

뚜뚜뚜뚜뚜뚜

끊긴 전화처럼 지군레코드 사장은 맥이 탁 풀리는 것 같았다.

남영동이라니.

그곳에서 주시하고 있다니.

왜? 라는 의문도 들지 않았다.

언제 거기가 이유가 있어서 사람 잡아가던 곳인가? 수틀리면 일단 잡아 족치는 곳인데.

그랬다.

지금껏 쌓아 놓은 어떤 기름칠도 남영동엔 통하지 않았다.

끌려가는 순간 반병신 되는 곳.

명분도 좋았다. 사회 혼란 조장이었다.

"……."

손이 덜덜덜 떨렸다.

이 나이에 끌려갔다간…… 살아서 나올 수 없을 것이다.

죽으면 다 끝인데.

빨리! 서둘러 움직여야 하는데.

풀린 다리는 주인의 의지를 전혀 따르지 않았다.

"바, 박 군아. 박 군아~."

쥐어짜 내 불렀다.

혼자는 너무 무서웠다.

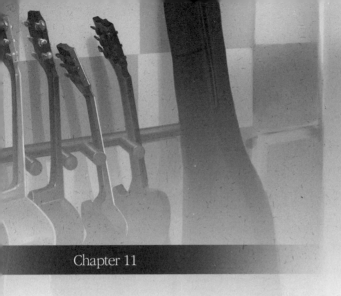

"할매, 오늘 김치찌개는 최고입니다."

"그렇습니꺼? 많이 드이소."

의기소침해 하지도 않고 밥도 잘 먹고 며칠 사이 조용길은 더 쌩쌩해졌다.

일은 더럽게 돌아가지만.

잘못한 게 없으니 떳떳하다고. 밥도 맛있고 밖에 못 돌아다니는 것만 빼면 요 몇 년간 처음으로 제대로 쉬어 보는 것 같다고.

우리도 나쁘지 않았다.

사람 하나 더 있는 게 집 안에 온기가 다르다. 게다가 조용길은 이 집을 사 준 사람이 아니던가.

"할매, 내일은 LA갈비나 먹을까요?"

"우리 대운이 갈비 묵고 싶나?"

"LA갈비 한번 뜯어요. 파는 데가 있는지 모르겠는데."

2020년도야 홈쇼핑 한 방으로 언제든지 먹을 수 있다지만 이 시대엔 근처 정육점에 없다면 멀리 구하러 다녀야 했다.

제법 난이도가 있는 메뉴.

"있다. 안 그래도 오늘 고기 사러 갔다가 봤다. 내일 사다가 구워 주께."

"있어요? 잘됐네요."

"오오오, 그럼 저도 내일 LA갈비 먹는 겁니까?"

"하모요. 넉넉히 사올 테니까 많이 드이소."

"감사합니다. 하하하하하."

즐거운 식사도 끝나고 TV 앞에 앉아서 과일을 씹고 있었다.

그런데 거기에서 희한한 장면이 하나 나왔다.

"어!"

"저 사람 지군레코드 사장 아니에요?"

"맞아. 저 사람이 왜……?"

"자, 잠깐만요, 뭐라는지 좀 들어 봐요."

볼륨을 높였다.

- ……반성하는 바이며 사회에 물의를 일으켜 죄송합니다.

국민께서 아끼는 아티스트를 제 무리한 욕심으로 옭아매려 한점 죄를 물으신다면 달게 받겠습니다. 앞으로 지군레코드는 소속된 모든 아티스트들의 권익을 위해 최선을 다할 것이며······.

　대체 무슨 일인지.
　대국민 사과라니.
　조용길과 나를 서로를 번갈아 보며 멍한 표정을 지었다.
　지군레코드 사장은 결국 눈물을 터트렸고 연신 허리를 숙이며 잘못했다 빌었다.
　"내가······ 잘못 본 거 아니지?"
　"글쎄 말이에요. 두 눈으로 보고도 못 믿겠네요."
　"저 인간이 저럴 인간이 아닌데."
　"함정일까요?"
　"함정?"
　"저렇게 유인해서 나타나면 습삭하려는······."
　말하면서도 내가 너무 범죄물을 많이 봤나 싶다.
　그 사이 기자 회견은 절정을 향해 달렸다.

　- ······이 시간부로 조용길 씨에 대한 모든 고소를 취하했으며 그가 작곡한 곡에 대한 권리도 전부 포기하겠습니다. 원한다면 계약해지도 겸허히 받아들이겠습니다. 국민께 드린 우려와 논란을 해소시킬 수 있다면 할 수 있는 모든 것을······.

"저거…… 항복 아냐?"

"그런 것 같네요."

"왜?"

"저도 모르죠."

"……."

"……."

방금 전까지 화기애애했던 자리에 적막이 찾아왔으나 싫지 않은 고요함이었다. 평화를 가장한 거짓 화기애애보다 훨씬 건실하고 희망적이었으니까.

호들갑은 떨지 않았다.

침착히 사태를 관망했고 이것이 무엇을 의미하는지 음미했다.

"무슨 일이 터진 건 확실한 것 같은데."

"그래도 일단 버텨 볼까요?"

"가서 안 만나 보고?"

"신중해야죠. 상대가 더럽잖아요."

"하긴. 알았다. 일단 두고 보자."

다음 날이 되자 온통 그 뉴스밖에 없었다.

【지군레코드 김 모 사장. 돌연 사과문 발표】

【눈물의 기자 회견장. 반성하는 지군레코드 사장】

【김 모 사장, 모든 일에서 잘못을 인정하고 최선을 다해 관

계를 회복시키겠다 약속】

【알토란 같은 곡들이 드디어 주인에게 돌아가는가?】

【국민의 승리! 사회 정의가 실현되다】

【조용길과 지군레코드. 이 일이 시사하는 바는?】

어느 기사도 이 일의 원인은 다루지 않았다.

하루 전까지 죽이니 살리니 방방 뜨던 사람이 갑자기 안면을 바꾸었다면 이유가 있을 게 분명할 텐데 그런 건 다루지 않고 온통 승리만 부르짖고 있었다. 난 어째서 저런 사과를 하게 됐는지를 알고 싶은데.

'사과만으로 모든 게 봉합된 듯 언론만 좋아하네. 정작 조용길은 어디에 있는지도 모르면서.'

순진한 건지, 아님, 다른 힘이 움직인 건지.

이 역시도 간단치 않았다.

사람이 잘 변하지 않는다는 걸 안다면 쉽게 믿는 것이 더 이상한 것이니.

그러니까 대체 무엇일까?

무엇이 그를 벼랑으로 내몰았을까?

오전 내도록 고민해도 답은 나오지 않고 유재한은 또 신나서 우리 집에 찾아왔다.

"형님! 김 사장이 해 달라는 대로 다 해 준대요. 그러니 제발 좀 만나 달래요!"

기쁜 건 이해하지만. 방방 뜨는 건 안 된다.

한심하게 쳐다보는데.

조용길도 그렇게 느꼈던지 유재한을 진정시켰다. 근래 마음고생을 하더니 한층 더 성숙해진 모습.

"재한아, 아직 아무것도 결정된 거 없다. 좋아할 일이 아니야."

"예?! 왜요? 사장이 항복했잖아요. 모든 요구를 들어준다고 하고. 가서 끝내자고요."

"시끄러. 자식아. 이게 뭐라고 덥석 가서 물어."

"형님?"

"아직도 몰라? 그래서 사장이 뭐라고 했는데?"

유재한은 말없이 서류 봉투를 꺼냈다.

안에는 서류 두 개가 있었다.

서류까지 받아 왔다. 지군레코드 사장까지 만나고 온 것이 분명했다.

머리가 지끈거렸다.

"이거 어떻게 받은 거예요?"

"그야 가서 받았지."

"하아……. 우리가 연락할 때까지 피해 있으라고 하지 않았나요?"

"피해 있었어. 어제 뉴스 보고 알 만한 사람한테 전화했더니 진짜라고 하더라고. 빨리 와서 서류 받아 가라고 해서 받아 온 건데."

아직도 자기가 무슨 잘못을 한 건지 모른다.

"정말 큰일 낼 아저씨네. 그쪽에서 항복했다 하면 끝이에요? 호랑이더러 고양이라고 하면 그게 고양이인 거냐고요?"

"으응?"

사람이 순진한 건지, 멍청한 건지.

사력을 다해 신중해도 모자랄 판에 미끼를 덥석 문 데다 집까지 찾아왔다.

얼른 창밖을 내다봤다. 다행히 아직 수상한 점은 없었다.

"재한이 아저씨, 저번에 움직이기 전에 상의 좀 하라고 말씀 안 드렸어요?"

"그래, 이 새끼야. 나는 뭐 생각이 없어서 지금까지 여기 콕박혀 있었던 줄 알아? 너 인마 죽을 뻔했어. 사장이 어떤 사람인데 오란다고 거길 그냥 들어가."

조용길도 답답한지 끼어들었다.

"예?"

"이게 가짜였으면 너뿐만 아니라 여기까지 줄초상 날 뻔했어. 넌 어떻게 이런 걸 겪고도 경솔함을 버리지 못하니."

"아니, 나는……."

"시끄러, 자식아. 확 자를 수도 없고."

"형님……."

"상황이 나빠지면 그에 맞게 움직일 줄도 알아야지. 넌 어떻게 전화도 한 통 안 하고 바로 여길 오냐. 그놈들이 미행이라도 했으면 어떡할 뻔했어? 나는 그렇다 치고 대운이랑 할머니는 어떻게 되라고?"

"······!"

그제야 순서가 어떻게 잘못된 건지 깨달은 표정이었다.

"정신 좀 차리자. 재한아. 우리가 괜찮다고 남도 괜찮더냐? 넌 내가 어떻게 당했는지 보고서도 그놈들을 믿어?"

"제가 우선 서류부터 확인해 볼게요."

"알았다. 잘 좀 봐 주라. 뭐 해? 어서 안 주고."

"아, 예."

서류 중 하나는 곡에 대한 권리 일체를 포기하겠다는 각서였다. 이미 도장까지 찍었고 다른 독소 조항은 보이지 않았다.

다른 하나는 계약 해지에 관한 서류.

이것도 역시 도장이 찍혀 있었는데 내용도 원하면 언제든지 지군레코드와의 전속 계약을 풀어 주겠다는 것이었다.

"흐음, 별다른 것은 보이지 않는데요."

"괜찮아?"

"제 눈에는 일단 거슬리는 게 없어요."

"오오, 정말?"

그제야 조용길도 안심하는 표정이 됐다.

"하지만 이렇게는 갈 수 없죠. 전문가에게 검증해 봐야죠."

"그래? 그렇지그렇지. 재한아 이것 봐라. 일은 이렇게 하는 거야. 아무리 자기가 괜찮은 것 같아도 몇 번을 되짚어 봐야 하는 거라고. 내가 요즘 깨닫는 게 많아서 머리가 아픈데 너까지 이러면 어떡하냐."

"죄송…… 합니다."

"재한이 아저씨, 나가죠."

"어, 어딜?"

"어디긴요. 변호사 사무실이죠."

바로 이학주를 찾아갔다.

늘 그렇듯 이학주는 신문을 보다 날 반겼다.

각서 등을 내줬더니 스윽 보고는 피식 웃었다.

"오호, 진짜 두 손 든 모양인데. 권리를 완전히 조용길에게 일임하겠다는 거야."

"이상한 건 없죠?"

"법이란 게 원체 해석의 여지가 많긴 한데. 사회적으로 많이 알려진 사건이고 사장도 언론을 통해 잘못을 인정했으니 설사 우리 위주로 해석하더라도 일방적이라 반격당하지 않겠다."

뭔 말을 이렇게 꼬아서 하는 건지.

"괜찮다는 거죠?"

"다행이다. 상대가 이렇게까지 해 주는 일은 잘 없거든."

"오케이."

"오케이는 반말이고."

"영어에 존댓말이 어딨어요? 그냥 you, me. 이런 건데."

"그런가?"

"하여튼 감사해요. 제가 언제 한번 식사 대접할게요."

"알았다. 자식아."

서류는 문제없고.

이제 남은 건 어떻게 만나냐인데.

그러니까 어떻게 만나야 말끔히 끝날까.

보디가드를 대동해야 하나? 아님, 사람들이 많이 오가는 방송국에서 만날까?

이런저런 생각을 하며 집으로 돌아갔다.

그런데 집안이 또 어수선했다. 모두가 마네킹처럼 경직된 자세로 서 있었다. 조용길은 물론 할머니까지 바짝 얼어 숨도 못 쉬었다.

김 사장이라는 놈이 쳐들어왔나 싶었는데.

"하이고, 편히 계시라고예. 할매가 자꾸 이라믄 지가 여기 못 온다 아입니꺼."

"하이고, 지가 우째 그럽니꺼. 장관님이 오셨는데."

노태운이었다.

이 양반을 보는 순간 마지막 퍼즐이 맞춰지며 지군레코드 사장의 이해할 수 없는 행동이 납득되었다.

버틸 수 없었겠지.

아니, 버티는 것 자체가 말도 안 된다.

지금이 어느 시대인데 권력에 맞설까. 대기업도 찍히면 바로 해체되는 판에. 일개 레코드사 사장 따위가.

"어! 왔나?"

"언제 오셨어요?"

"방금 왔다."

"밖에 경호원도 안 보이던데."

"저번에 나가는데 영~ 보기 껄끄러워서 멀리 치아뿌고 왔다. 잘했나?"

사람 마네킹 만들어 놓고 혼자 편하게 웃는다.

그래도 가서 정중하게 인사를 했다.

"도와주셔서 감사합니다."

"옴마야…… 알아챘나?"

"뵙자마자요."

"또 찾아올 입장권 정도는 되제?"

"충분합니다."

인자한 미소를 지은 노태운은 조용길에게도 한마디 건넸다.

"보소. 조용길 씨."

"넵, 장관님."

"이제 어려운 일 없을 낍니더. 오늘 온 거는 요 꼬맹이한테 생색내려는 거고요. 이해 좀 해 주이소."

"아닙니다. 전 아무래도 괜찮습니다."

"이제 돌아가도 문제없을 낍니더. 귀찮은 기자들도 없을 테고 그 돼지 같은 놈이 설칠 일은 더 없을 거라예."

"감사합니다. 정말 감사드립니다."

"그러니까 내 좀 대운이를 빌려도 되지예?"

"물론입니다. 전 여기에서 대기하고 있겠습니다."

"예, 예, 고맙십니더."

조용길과도 간단히 끝낸 노태운은 나를 봤다. 어서 내 방으로 끌고 가 달라고.

그 손을 잡았다.

그가 웃었다.

생츄어리로 입성.

그제야 그도 조금은 풀어진 모습으로 나를 대했다.

"오늘 내가 찾아온 이유를 알겠나?"

표정은 아까 조용길을 대할 때와 똑같다.

다만 뉘앙스가 달랐다.

"으음, 아무래도 경질된 모양인데요."

"맞다. 그놈이 결국 나를 내치더라. 안 그래도 그놈 때문에 웃음도 잃었는데. 우리 마누라한테 안 웃는다고 혼만 났다 아이가. 얻은 것도 없이."

노태운 나름의 아이스브레이킹이었다.

알아줬다.

"그래요? 쿠쿠쿡."

"니는 이게 웃기나? 내는 지금 심각하다 아이가."

"안 심각해도 돼요. 더 심각한 게 있거든요."

"엉?"

"혹시 88서울올림픽 조직위원장 같은 거 하라고 하던가요?"

"니 어제 청와대에 있었나?"

"그거 얼마 안 가요."

"왜? 아직 아시안 게임도 안 했다. 이번에 들어가면 꼼짝없이 몇 년은 박혀 있어야 한다."

"그렇게 못 가요."

"왜?"

"야당이 시끄럽거든요."

"야당? ……설마 내한테 당의 일을 시킨단 말이가?"

"예."

"그것도 야당 때문이라면…… 내를 총알받이로 쓴다는 건데……!"

"…….."

"하아……."

"너무 괴로워하지 마세요. 보통 사람에겐 오히려 기회예요."

"이게 기회라고? 난도질당해 쓰러질 판에."

"괜찮아요. 이무기도 쓰리허처럼 곧 날아가요. 교만의 끝은 언제나 패망이거든요."

"니 쓰리허도 아나? 대운아…… 니 좀 무섭다."

"보통 사람이니까 알려 주는 거예요. 지금 보통 사람 아니세요?"

"아이다. 지금 보통 사람 맞다."

"대포집 개똥철학처럼 듣고 넘기시면 돼요."

"명심하게."

"견디시고 12대 국회의원 선거에 출마하세요. 전국구로요."

비례 대표를 이때는 전국구로 불렀다. 오직 당을 위해 움직이는 국회 의원. 또 다른 이름으로 거수기.

노태운의 얼굴이 대번에 굳었다. 그의 네임밸류와는 어울리지 않는 자리니까.

"몸을 낮추는 일환이에요. 괜히 지역구에 나선다고 눈에 거슬리지 마시고 오직 당을 위해 헌신한다는 스탠스로 나가세요. 그러다 보면 당 대표까지 갈 거예요."

"당 대표까지 간다고. 내가?"

"대안이 없을 테니까요. 아까 말씀드렸잖아요. 교만의 끝은?"

"패망. 대운아, 정말 니 말대로 그 쉐리들이 나가리 된다면…… 내도 승산이 있겠는데."

내쳐진 이래 지금까지 가슴을 꽉 막던 멍울이 한 방에 쑥 내려가는 기분이라.

목으로 어깨로 등으로 기운이 돌며 입가가 저절로 올라갔다.

그래서 더 궁금해졌다.

이 아이는 대체 어떻게 이런 걸 알까? 아니, 왜 이런 걸 말해 주는 걸까?

'아무런 정보가 없는 건 확실한데.'

보면 볼수록 신기했다. 진짜 이런 사람이 존재하는 건지.

노회한 정치인이라고 해도 믿을 수밖에 없었다. 그렇다고 어떤 세력이 자신을 노리고 있다고 하기엔 비약이 심하고.

"대운아, 니……."

"예."

"니는 우째서 내를 도와주는데?"

진지한 물음이었다.

인간 대 인간으로서.

마음 절절히.

그 마음이 느껴진 순간 나도 농담처럼 섣불리 대답할 수 없었다.

일단 잡아뗐다.

"도와드린 거 없는데요. 그냥 보통 사람끼리 대화한 거잖아요. 제가 어려서 대포집에 못 가는 대신 우리 집에서 수다 떤 거예요."

"보통 사람, 수다?"

멀뚱멀뚱한 그의 귀에 속삭여 줬다.

"사람들도 안 보이는 곳에서 은근 이런 얘기 많이 할 걸요. 걸리면 혼나니까요. 지금도 그런 거예요. 숨어서 이무기 뒷담화 까는 거죠."

"뒷담화라고. 하하하하."

"맞을 수도 있고 틀릴 수도 있고. 설사 맞다고 하더라도 선택은 제가 하는 게 아니잖아요. 아니에요?"

"선택이라. 그러네. 정말 그렇다. 니 말이 전부 옳다. 아아,
거 시원하네. 고맙다."

"아니에요."

"이제 나갈까?"

"예."

개운한 표정으로 나오니 할머니께서 음식을 차리고 있었다.
나이스 타이밍.

"우와~ 냄새 좋다."

소이 소스의 매력적인 향기가 거실에 존재하는 모든 생명
체의 비강을 찔렀다. 곧장 현관으로 향하던 노태운의 발걸음
이 움찔댄 건 거의 본능적인 일이었다.

마치 잡아 달라는 듯 멈칫대는 그를 그냥 보내는 담력은 아
직 나로서도 무리였다.

"드시고 가세요. LA갈비예요. 넉넉히 준비했으니까 충분
히 드실 수 있으세요."

할머니도 눈치 빠르게 잡았다.

"하모, 맞습니더. 오늘이 날인갑니더. 장관님, 오시는 줄
우째 알고 어제 대운이가 고기를 준비해라 캤는지."

그래도 체면이 있는지 쉽사리 못 움직이는 그의 손을 잡아
끌었다.

"드시고 가세요. 우리 할매 솜씨가 좋아요."

"으음."

"어서요. 음식 식어요."

"그, 그럴까?"

자리를 펴고 앉았다. 앉는 김에 정승처럼 서 있던 신 비서도 앉혔다. 조용길, 유재한까지 어른만 넷이라 상을 하나 더 폈다.

"장관님, 거 가다마이는 벗고 드시소. 안 불편합니꺼?"

"아아, 죄송합니더. 너무 맛있어서 깜빡했심더. 하하하하."

얼른 벗는 그를 두고 할머니는 조심히 먹는 신 비서의 밥공기 위에도 LA갈비를 올려 주었다.

"비서님도 많이 드시소. 공무하려면 든든히 무야 된다 아 입니꺼."

"아, 예. 감사합니다. 감사합니다. 정말 맛있습니다."

그게 질투 났던지 조용길도 밥그릇을 내밀었다. 어설픈 사투리로.

"할매요. 지도 주이소."

"하이고, 당연히 드려야지예. 그래도 좀만 기다리지. 막 줄라 캤는데."

"그, 그래요?"

"하하하하, 많이 드시소. 오늘 마 싹 구워 버릴 테니까예."

진짜 실컷 먹었다.

사흘 정도 두고두고 먹을 양이었다고 했는데.

넉넉히 산 게 주효했다고. 그 많은 양이 한 끼에 끝날 줄은 몰랐다고. 나중에 할머니가 넋두리했지만 다들 만족했다.

한껏 기분 들뜬 노태운이 돌아가며 그제야 소파에 몸을 내 맡긴 우리였으나 유재한 때문에라도 나는 쉴 수가 없었다.

"쉬는데 죄송한데. 아시죠. 이 일은 아무도 몰라야 해요."

"응?"

"그게 무슨 말이야?"

"저분이 우리 집에 들락거리는 거 다른 사람들이 알아선 안 된다고요."

"왜?"

가만히 있는 조용길과는 달리 이해할 수 없다는 표정의 유 재한이었다.

"내가 이럴 줄 알고 미리 말하는 거잖아요. 높은 사람이 우 리 집에 들락거리는 거 사람들이 알면 어떻게 되겠어요?"

"그야…… 좋지 않아?"

"대다수는 부러워하겠죠."

"대다수?"

"그리고 일부는 아주 싫어하겠죠. 특히나 저분의 적은."

"으응?"

"높이 올라갈수록 적이 많아요. 그러니까 함부로 말했다간 곤 욕을 치를 거예요. 저와 할매가. 아저씨는 그걸 원하는 거예요?"

"이건 대운이 말이 맞는 것 같다. 재한이 너도 가수들이 내 뒷담화 까는 거 알고 있잖아."

"그야…… 그렇죠."

"아마 이번에 내 꼴을 보고 잘 됐다고 비웃는 놈들이 많았을 거다. 나도 이런 데 장관님은 오죽하겠냐? 거긴 우리와는 급이 달라. 살벌하다고."

"아아~."

"절대로 얘기하면 안 된다. 누구한테도. 이번처럼 운이 좋은 경우는 거의 없을 거야."

"알았어요. 말 안 할게요. 이거 말하면 안 되는 거였구나."

그래도 못 미더워 몇 번이나 다짐시켰다.

이 정도면 단속된 건가 했는데 유재한은 또 무슨 생각이 들었는지 물었다.

"그럼 지군레코드 사장한테는 말해도 되는 거예요?"

"그 사람은 왜?"

"어차피 알고 있잖아요. 형님한테 대단한 빽이 있는 줄 알던데 어떻게 해요?"

답답한 소리를.

"뭘 어떻게 해요? 그냥 놔두면 되지."

"그냥 놔둬?"

"착각이 심할수록 우리에게 더 좋죠. 용길이 아저씨가 거드름만 피워도 꼬리 말고 바닥을 길 걸요. 그 사람은 그런 줄 알고 있으니까."

"아아, 그러네. 그런 거였어. 저기 대운아."

"네."

"미안하다. 나 이번에 많이 반성했다. 내가 바보같이 행동해서 너랑 할머니를 위험에 빠뜨릴 뻔했어. 정말 미안하다."

진심어린 사과였다.

내가 노태운과 들어간 사이 조용길에게 교육받은 모양.

"대신 또 그러시면 안 돼요. 지금은 힘이 없을 때라 뭐라도 조심해야 해서 저도 예민했어요."

"아니다. 내가 백 번 잘못했다. 다시는 안 그럴게. 앞으로 뭘 하기 전에 반드시 물어볼게."

이런 식이라면 어차피 쳐들어왔어도 노태운에게 다 죽었을 테지만 그 와중에 할머니가 다치기라도 했다면 어쩔 뻔했나.

마지막으로 아주 마지막으로 다짐 겸 경고를 날렸다.

"만일 말이죠. 만일이에요. 어떤 놈이라도 우리 할매를 다치게 하면요. 그놈은 세상에 태어난 걸 후회하게 만들어 줄 거예요. 대대손손, 제가 살아 있는 동안은 절대로 평안을 얻지 못하게 할 거예요. 그게 싫으면 날 죽여야 할 테고요. 그래야 끝날 테니까요."

"……."

"……."

◇ ◆ ◇

아침부터 대구의 농심 체인지 수퍼에 말끔한 복장을 한 중

년 남자가 문을 두드렸다.

음료수 박스 나르고 물건 진열에 정신없던 부모님은 갑자기 들어온 손님에 어리둥절, 서둘러 맞았다.

"어서 오이소."

그 사람은 가게 물건에는 관심도 없는지 곧장 어머니에게 다가가 자기의 신분을 밝혔다.

"지는 경북대학교에서 교수하는 지천호입니더."

"예?"

"저번에 대운이 IQ 검사 봤던 그 교수 말입니더."

"아아! 교수님. 교수님이 여길 우짠일입니꺼?"

"잠시 얘기 좀 나눌 수 있겠습니꺼? 두 분 다."

교수님이 오셨는데 그깟 가게 정리가 중요할까.

아버지 어머니는 얼른 앞에 앉았다.

지천호는 두 분을 차례로 살피고는 천천히 입을 열었다.

"바쁘신 것 같으니 단도직입적으로 말씀드리겠습니더."

"예."

"네."

"두 분 앞으로 우짤 생각이십니꺼?"

"네?"

"무슨?"

"내가 나설 주제가 아닌 거 아는데. 가만히 두고 생각해도 그냥 놔두면 안 되겠다는 마음만 자꾸 들지 않습니꺼. 두 분 계속 이렇게 멋대로 살다간 아주 꼴이 우습게 될 것 같아서예."

말투가 곱지 않자 아버지의 미간이 찡그려졌다.

"그게 무슨 말씀이십니까? 좀 알아듣게 해 주이소."

"대운이 말입니더. 우리 아까운 대운이."

"대운이를 왜…… 교수님이 말씀하십니꺼?"

"하아, 가만히 숨죽이고 있던 아가 세상을 떠들썩하게 나
온 게 누구 때문이라고 보십니까?"

"그야…… 교수님이 발굴해서……."

"내가 이럴 줄 알았다. 하나도 모르네. 하나도 몰라. 할매
말씀이 하나도 틀린 게 없어!"

점잔 떨다 별안간 안색을 바꾸는 지천호 때문에 두 분은 또
어리둥절했다.

그 모습에 더 답답해진 지천호는 아예 큰소리로 말했다.

"가가 스스로 나온 깁니다. 가가 스스로요. 남과 다르면 배
척받고 상처받는다는 걸 알고 인지하고 있으면서도 갑자기
마음을 바꾼 깁니더! 왜 그런 일을 벌였는지 아직도 모르다니
부모가 돼 말이 됩니까?!"

조금은 억울한 호통이었다.

부모님도 어디 가서 기죽고 사는 혈통이 아닌지라 슬슬 성
질머리가 뻗치려 할 때 지천호는 이 시대 사람이면 절대로 까
불지 못할 패를 던졌다.

"내가 여기까진 말하지 않으려 했는데. 얼마 전에 어디 갔

다 왔는지 압니까? 청와대예요. 청와대. 대통령도 보고 장관
도 보고 다 보고 왔으예."

"……!"

"!!!"

"그 사람들이 어디 나 보자고 부른 줄 압니까? 말해 보이
소. 그 사람들이 나 볼 일이 어디 있다고 거기까지 부릅니
까?! 이게 다 대운이 때문이 아닙니까. 대운이!"

"예?!"

"……!"

"내가 원래 이런 사람이 아닌데. 오늘 인생 선배로서 충고
하나 하러 온 겁니다."

"저, 그게……."

"……."

"두 분 계속 그렇게 사시다가 대운이 잘못되는 순간 인생
조질 거라고예. 그거 알려 주러 여기까지 온 겁니더. 알아들
었어예?!"

"그게 무슨 말씀……."

"아비는 정신 들면 술만 푸러 나가고 어미는 돈 버는 데만
혈안. 누가 봐도 개판인 가정 아입니꺼. 그것만도 미치겠는
데 두 사람은 사흘이 멀다 하고 싸우고 밥상 뒤집고. 대운이
가 뭐라 카는 줄 아십니꺼? 3년 안에 이혼할 거랍니더. 그때
부터 자기 인생이 나락으로 떨어질 거라고예!"

"예?!"

"!!!"

"이혼하고 나면 돈 버느니 뭐니 혼자 못 키울 거 아입니꺼. 남의 손. 여기에선 어디 친척이겠지예? 거기 맡길 확률이 높답니다. 그때부터는 막장도 이런 막장이 없다고 캅니더. 가가! 그 어린 아가 이런 걸 걱정하고 있었다고예!!"

지천호가 아버지를 때려죽일 듯이 노려보았다.

어디서 석 죽는 아버지가 아닌데도 견디지 못하고 그 눈길을 피했다.

"당신 아들이! 당신을 뭐라 카는지 압니까?!"

"……."

"반건달이라 합니다. 반건달. 이런 게 무슨 아버지고."

"……!"

"인생 그래 살고 싶습니꺼? 아니, 인생이 그리 만만합니까? 조사해 보니 삼청교육대도 한 번 끌려갔다 온 것 같던데. 마누라랑 아한테 힘쓰니까 즐겁습니꺼? 보듬어 줘도 모자랄 아내와 자식한테 으이! 이이…… 이 새끼. 니가 망나니지 사람이가! 그래, 다시 한 번 삼청교육대 가 볼래? 이번엔 돈 수억 써도 못 나올 낀데. 어째 전화 한 통 해 주까?!"

"아, 아입니더. 아입니더. 절대 아입니더."

끌려갈 때도 뭘 잘못해서 간 건 아니었다.

그냥 술집 판을 돌아다니다가 덩치가 크다는 이유로 붙들려 간 것.

죽을 둥 살 둥 고생만 하다가 돈을 2천만 원이나 써서 겨우 빠져나왔는데. 그것도 민간인이라는 게 밝혀져서 말이다.

아버지는 두려웠다. 이번에 끌려가면 절대로 못 나올 테니. 대놓고 관심 줄 테니까.

납작 엎드리는 아버지를 보고 어머니가 슬쩍 비웃는, 꼴 좋다는 눈길을 흘리자 지천호는 그도 가만히 두지 못했다.

"아주매도 그리 웃을 거 없소."

"아, 죄송합니다."

"안 참는다면서예? 무능한 남편 때문에 우울한 걸 대운이 한테 풀었다면서예. 아주매가 제일 질 떨어집니다. 그깟 돈 얼마나 번다고 쪼매난 아를 그리 잡습니꺼?! 이거 한번 신문 사에 흘려 볼까예? 악모로 방송 한번 타시렵니까?"

"언제예. 아닙니다. 지가 잘못했심더."

"내가 이 얘길 할매한테 듣고 얼마나 통탄하고 울었는지 모릅니다. 할 수만 있다면 내 호적에 넣고 내가 키우고 싶었 어라예. 당신들 다 감옥에 처넣고 인생 한번 조지게 해 주고 싶었다고예. 그런데도 참고 있습니다. 그 이유가 누구 때문 인지는 이쯤 되면 소, 돼지도 알 낍니더."

벌떡 일어났다.

"경고했습니다. 더는 엇나가지 마이소. 특히 당신, 술 끊으 소. 술자리에서 거기로 끌려가기 싫으면. 그리고 아주매. 당신도 한 번만 더 대운이에게 손댔다간 더는 안 참습니다. 내 분명 말했습니다. 그때는 내를 상대해야 할 낍니더."

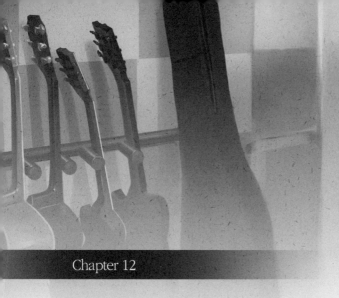

부모님이 오지랖 넓은 지천호 교수와 만나고 있을 때 나는
완전히 기운 차린 조용길과 함께 오필승 엔터테인먼트 사옥
즉, 작업실에서 마주 앉아 있었다.

모처럼 위대한 탄생도 만나고 회포를 나누고 있을 때 문이
열리며 지군레코드 사장이 들어왔다.

화기애애하던 분위기가 싸늘히 식었고 그것에 당황한 건
이쪽이 아니라 지군레코드 사장이었다.

5집은 위대한 탄생의 곡도 들어가 있는 바 눈 뜨고 코 베인
입장에서 그가 달가운 사람은 이곳에 없었다.

대치 상태라.

111

난 일을 진행시키기 위해 어쩔 수 없이 조용길의 옆구리를 찔렀다.

"어, 음음, 그래 확정하고 온 겁니까?"

"……맞네."

침통한 표정의 그를 보곤 조용길은 유재한이 받아온 각서를 꺼냈다.

"다시 한 번 확인하세요. 나중에 딴소리 말고."

"내가 직접 다 도장 찍은 거네. 더 볼 것도 없어."

패장은 말이 없는 법이라는 코스프레를 단단히 실천하고 있는 지군레코드 사장이었으나 아쉽게도 이 자리에서 그를 동정하는 사람은 한 명도 없었다.

그때 문이 열리며 한 사람이 더 들어왔다.

"아이고, 제가 늦었습니다."

이학주였다.

조용길이 일어나서 반겼다.

"어서 오십시오. 변호사님."

"오늘 공증한다는 게 이분과입니까?"

"네."

"알겠습니다. 내용은 들었고 제가 공증 서류는 미리 준비해 왔습니다."

천천히 서류를 탁자에 까는 이학주를 바라보는 지군레코드 사장의 눈빛에 원망이 감돌았으나 금세 사라졌다.

행여나 마주쳤던들 신경 쓸 이학주도 아니었다.

"어디 보자. 1집부터 계약 맺은 곡에 대한 권리를 일체 포기하고 조용길 씨에게 양도한다고 쓰여 있네요. 맞습니까?"

"……네."

"그럼 여기에 인감을 찍어 주세요."

부들부들 떨리는 손으로 도장을 찍자 이학주는 눈길 하나 안 마주치고 다음으로 넘어갔다.

"이건 지군레코드사와의 전속 계약 해지에 관한 건이네요. 먼저 상담해 보니 조용길 씨는 지군레코드사와의 계약이 부당하여 해지하고 싶다는데 인정하시나요?"

"……네."

"그럼 여기에 인감을 찍어 주세요."

더 부들부들 떨리는 손으로 도장 찍자 이학주는 능숙한 솜씨로 조용길의 도장을 받고 자기 도장도 찍었다.

"이로써 곡의 권리와 전속 계약 해지에 대한 건이 완료되었습니다. 혹 질문 있으신 분?"

"……."

"……."

질문이 있을 턱이 있나.

하나는 원래 자기 것을 되찾은 거고 하나는 손에 쥔 걸 다 빼앗긴 거니.

그런데 여기에서 이학주는 한 발 더 내디뎠다.

"여담이다만 이럴 바엔 아예 1집부터 5집까지의 권리를 다 파시는 건 어떻습니까?"

"예?!"

무슨 말도 안 되는 소리냐는 지군레코드 사장의 시선에 이학주는 미꾸라지처럼 눈길을 비껴 냈다.

"어차피 못 쓸 앨범 아닙니까? 조용길 씨가 빠진 앨범을 누가 삽니까? 아니, 다시 찍어 낼 수도 없는 앨범 아닌가요? 가지고 있어 봤자 돈도 안 될 텐데 조금이라도 건지는 게 나을 것 같아서 드리는 말씀입니다."

"뭐, 뭐요?!"

"싫으면 말고요. 자, 이제 다 된 것 같으니 저는 일어서 보겠습⋯⋯."

"잠깐."

일어나는 이학주를 잡은 지군레코드 사장은 조용길을 보았다.

"해 달라는 대로 다 해 줬다. 용길아, 정말 이대로 나랑 헤어질 생각이냐?"

"당신과는 더 할 얘기가 없어요. 일 끝났으면 가세요."

"용길아, 너도 계속 가수 생활할 생각이잖아. 나한테 이렇게까지 할 필요 있냐?"

"당신이야말로 나한테 왜 이러세요. 그냥 가시라고요. 내가 그날만 생각하면 자다가도 벌떡 일어나. 이 정도에서 끝난 걸 다행인 줄 아세요."

"허어, 정말이구나. 네가 윗선과 닿아 있는 게."

허탈한 듯 입을 벌리든 말든 조용길은 아주 냉정하게 말했다.

"뭐가 정말이에요. 일 시작하기도 전에 끝났는데. 여기에서 더 화나게 하시면 나도 장담 못 합니다."

"아니다아니다. 일어날게. 일어날게. 근데 그 전에 마지막으로 하나만 물어보자."

"……하세요."

"앞으로 제작은 어떻게 하려고? 유통은 또?"

끈질겼다.

저래서 이만한 레코드사를 굴리는 모양.

"대한민국에 지군레코드만 있습니까?"

"오아신스구나!"

"가세요. 더 얘기하기 싫으니까."

"안 돼."

김 사장은 하늘이 무너지는 것 같았다.

오아신스는 자신의 손이 닿지 않는 곳이었다.

적당한 기획사라면 기회를 봐 다시 손잡을 수도 있겠지만 오아신스는 안 된다.

그렇지 않아도 소속 가수들이 전부 들고일어날 판인데 조용길이 넘어갔다는 소식이 들리는 순간 지군레코드는 망한다.

"다 줄게. 네가 원하는 대로 싹 다 해 줄게. 오아신스한테

115

만은 넘어가지 마라."

"싫습니다."

"20억 줄게. 나한테 와라. 나랑 계약하자. 이제 절대 그런 실수 하지 않을게."

가동 가능한 현금을 다 불렀다. 오아시스에서는 절대 줄 수 없는 금액으로.

"20억?!"

"지금 20억 불렀어?"

"그렇다잖아."

생각지도 못한 돈 지랄에 위대한 탄생이 웅성댔다.

덕분에 작업실 공기가 후끈 달아오르고.

나도 놀랐다. 20억이면 2020년에도 거지 팔자가 정승 부럽지 않을 돈이었다.

조용길이 머뭇대자 김 사장은 그 손을 붙들고 늘어졌다.

"내가 이렇게 빌게. 나한테 다시 와라. 너 이렇게 나가면 나 진짜 망한다."

"이거 놓으세요!"

"제발, 네가 원하는 대로 다 해 줄게. 한 번만 기회를 줘. 무릎이라도 꿇으라면 꿇을게."

말 끝나자마자 바로 꿇는다.

모두가 놀랐으나 또 일으켜 주는 사람은 한 명도 없었다.

지군레코드 사장이 입술을 질끈 깨물었다.

저 깨무는 입술을 보는 순간 머리가 쭈뼛!

'위험해.'

더 진행시켰다간 원한으로 갈 것 같았다.

이런 부류는 안 만나는 게 좋았다.

그러나 일단 대척점에 선다면 차라리 죽이는 게 편했다.

그런다고 죽여야 할까?

나섰다.

"제작은 안 됩니다. 조용길 씨는 오필승 엔터테인먼트와 계약을 맺기로 약속했으니까요."

"으응? 넌……?"

웬 개뼉다귀냐는 표정.

무시해 줬다.

"대신 유통은 가능해요. 안 그래도 저희 오필승 엔터테인먼트에서는 조용길 씨를 맞아 오아시스 레코드에 유통 의뢰를 넣으려 했거든요. 그거라도 받으실래요?"

"오필승 엔……?"

"싫으세요?"

"시, 싫다니. 아니야아니야. 절대 아니야."

무릎 꿇은 채로 손사래 친다.

"그럼 유통 계약에 대한 조건을 말해 보시죠. 말씀해 주시면 내부적으로 검토해 보겠습니다. 미리 말씀드리지만 이건 순전히 호의 차원에서 출발하는 겁니다."

"그, 그게……."

"설마 아무런 대책도 없이 오신 건가요?"

"아니, 난……."

"이거 실망인데요. 오아시스에서는 당장에라도 계약하자고 난리인데. 지군레코드는 별생각이 없었나 보네요. 조용길 씨랑 떨어져도 별 타격이 없나요?"

"아니야!"

급히 외쳤다지만.

지군레코드 사장은 너무 당혹스러웠다.

갑자기 튀어나온, 능글거리는 꼬마가 씨익 웃는 순간 며칠 전 경찰서장과의 통화가 떠오른 것이다. 돈 받을 때랑 달리 안면을 싹 씻어 버리던 그 빌어먹을 놈의 목소리가.

- 내 그간 오간 정이 있어 하나 알려 주는 건데. 조용길이부터 잡아. 걔 놓치면 넌 죽어. 알았어?

정신이 번쩍 들었다.

"아닙니다. 아닙니다. 1시간, 1시간만 주십시오. 바로 계약서 가져오겠습니다."

"정말이죠?"

"넵, 오아시스보다 무조건 좋은 조건으로 가져오겠습니다. 믿어 주십시오."

"……."

"……."

"뭐 하세요? 얼른 안 가져오시고."

"아, 네넵."

얼른 달려 나가는 지군레코드 사장을 보곤 모두가 긴 숨을 내쉬었다.

유재한이 얼른 나가 진짜 갔는지 보고 왔다.

"갔어요. 갔어."

"하아, 힘들었다. 근데 진짜 속네."

"잘하셨어요. 봐요. 껌뻑 죽잖아요. 저 사람은 지금 어떻게 해도 방법이 없어요. 선배님도 감사드립니다. 앨범 얘기 꺼내 주셔서."

"뭘, 네가 시켰잖아. 맞는 말이기도 하고."

이학주와는 미리 만나 얘기가 잘 풀린다면 1집에서 5집까지의 권리 판매도 은근슬쩍 꺼내보라 부탁했다.

"그래도 감사해요. 덕분에 일이 아주 수월해졌어요."

"그랬냐? 나중에 밥이나 사라. 자, 그럼 저는 일어나 보겠습니다."

주섬주섬 서류를 챙기더니 가려 하였다.

얼른 잡았다.

"어디 가시려고요?"

"일 끝났으니 가야지."

"아직 안 끝났어요."

"응? 유통 그것도 시키려고?"

이학주의 미간이 살짝 찌푸려졌다. 호의를 과용한다고 생
각하는 것이다.

그럴 수 있었다. 지금껏 내 일을 봐준 건 무엇을 바라고 한
건 아니었으니.

하지만 그것도 과하면 누구라도 기분 나쁘다.

"에이, 이쯤 되면 정식 의뢰를 넣어야죠. 우리가 언제까지
선배님을 곁가지로 대우할까요."

"엥?"

"오필승 엔터테인먼트 표준 계약서를 만들어 주세요. 곡
계약과 전속 가수 계약, 직원 계약, 연봉 계약 등등 운영에 필
요한 것들이요."

"……."

"이번 공중파 이제 올 지군레코드사와의 유통 계약 자문까
지 전부 턴키로 계약하죠."

"뭐라고?"

"1천만 원 드릴게요."

"1천만 원!"

이학주는 깜짝 놀랐다.

일찍이 변리사 정홍식과의 계약에서 화끈한 건 알았지만
이건 보통 그릇이 훨씬 넘어섰다.

이 아이는 대체…….

"무엇보다 제 성의니까 받아 주세요. 그리고 이 건이 다 끝

나면 우리 오필승 엔터테인먼트의 고문 변호사로 위촉하고
싶은데 어떠세요?"

"고……문 변호사까지. 나를?"

"예."

이학주는 아팠던 지난날이 주마등처럼 지나가는 걸 봤다.

그리 못 사는 집안은 아니었지만, 사시는 보통 숙제가 아
니었다. 죽을 둥 살 둥 정신적 육체적으로 피폐해질 때쯤에야
겨우 턱걸이로 패스했다.

사법연수원에 들어갈 때만 해도 이제야 인생 꽃피우나 싶
었다.

하지만 사법연수원은 괴물들의 집합소였다.

그곳에서도 간신히 수료를 마쳤다. 겨우 변호사 타이틀을
달았고 언감생심 판사와 검사는 쳐다도 보지 못했다.

물론 개중에는 이런 사람이 있을 수는 있었다. 어떤 사명
감을 가지고 변호사를 되려는 이들 말이다.

그러나 커트라인은 칼 같았다. 자신은 안 된 게 아니라 못
된 것.

그렇게 선배 변호사 사무실에서 3년을 수련하고 겨우 독립
했건만 무명의 변호사에게 사건을 의뢰하는 사람은 없었다.
가끔 들르는 고객은 얼뜨기뿐. 알맹이들은 모두 알음알음 라
인이 닿은 놈들만 다 해 처먹었다.

솔직히 말해 계속 이 짓을 해야 하나 고민 중이었는데.

고문 변호사로 모신단다.

'씨벌, 번듯한 대기업도 아니고 이제 막 사업자 낸 딴따라 회사인데.'

울컥.

눈물이 솟을 뻔했다.

꼬맹이 놈이 되바라지지도 않게 선배님이라 부를 때는 꿀 밤이라도 때려 주고 싶었는데.

이놈이 이렇게 울릴 줄이야.

자신의 가치를 인정해 줄 줄이야.

눈물이 차올라서 고갤 들어, 흐르지 못하게 또 살짝 웃을 뻔했지만,

어금니를 딱 문 이학주는 비장한 표정으로 선언했다.

"그 말. 정말이냐?"

"그럼요. 여기 용길이 아저씨도 찬성했는데요."

"벌써 얘기까지 끝냈어?"

"그럼요."

"하아…… 고맙다. 나 그거 고문변호사 할게. 하고 싶어. 그래, 법에 관한 한 이제부터 나만 믿어라. 법으로 얼쩡거리는 것들은 내가 다 치워 줄게."

"수락해 주셔서 감사합니다. 선배님."

수락했단다.

어쩜, 말도 이렇게 예쁘게.

"아니다. 내가 고맙지."

"뭘요. 제 선배님이신데 제가 챙겨야죠."

"크음."

"이도 계약서를 준비해 주셨으면 좋겠습니다. 선배님."

"물론이지. 한 끗 오차 없이 준비하겠다."

필요한 것을 우선 생각해 노트에 적어 가는 이학주였다.

나로서도 다행이었다. 이학주는 그래도 믿을 만한 사람이었다.

앞으로 오필승 엔터테인먼트의 수문장으로서 그 역할을 톡톡히 할 것이다.

'일이 술술 잘 풀려. 조짐이 아주 좋아.'

며칠간 겪은 난리도 성장통처럼 여겨졌고 지군레코드와 유통 계약만 맺으면 큰일은 일단락될 것이다. 그런데,

"대운아."

"예."

"으음, 지금 이런 말 해도 되는지 모르겠는데."

말투에서 부정적인 뉘앙스를 풍기는 조용길이었다.

"편하게 말씀하세요."

"알았다. 난 굳이 지군레코드와 계약해야 하나 싶다."

싫다는 것이다.

싫을 만하였다. 지금은 사장의 그림자도 보기 싫을 테니까.

그래서 더 단도직입적으로 말했다.

"필요한 단계라서 그래요."

"필요한 단계?"

"지군레코드 사장 같은 사람은 쉽게 원한을 품어요. 지금이야 권력에 눌려 찍소리 못한다지만 몇 년 안 가 고개를 들겠죠. 그때부턴 아마도 뒷구멍으로 온갖 더러운 짓을 다 할거예요."

"맞아. 이건 대운이 말이 옳아. 법은 항상 늦기 마련이고 주먹은 가깝지. 목숨 걸고 해코지하면 막지 못한다."

이학주도 동조하고 나섰다.

사람이 어떻게 그럴 수 있냐는 듯 황당하다는 표정을 짓는 조용길이라 더 설명해 줬다.

"그럴 수도 있어요. 지금 지군레코드 사장은 억울하게 다 빼앗겼다 생각하고 있으니까요. 그렇잖아요. 고소 취하하고 곡 돌려준 게 그의 의지는 아니잖아요. 우리가 오아시스로 가는 순간 지군레코드는 망할 테고 원한은 극을 찌르겠죠. 생각해 보세요. 아저씨를 잡고자 20억도 막 던져요. 더 쳐냈다간 살인날 수도 있어요."

"!!!"

"천하의 몹쓸 놈도 빠져나갈 데는 주고 궁지에 몰아야 해요. 아직 우린 힘이 약하고요. 또 다른 이유도 있어요."

"……?"

"우리나라는 자본주의국가잖아요. 자본주의 관점에서 지

군레코드 사장은 놓치기 아까운 인재죠. 그 인맥, 그 인프라……. 물론 이것도 어떤 계약서를 들고 오느냐에 따라 달라지겠지만. 감정은 잠시 뒤로 미뤄 두자고요. 우리의 미래를 위해서도요. 물론 이 일을 잊지는 말고요.”

짝짝 짝짝

난데없는 박수라.

이학주였다.

고개를 절레절레 흔들며 대단하다는 표정으로 막 웃었다.

“이야~ 이거 내가 필요 없을 정도인데. 거의 완성형이야. 너 혹시 외계인이냐?”

“예?”

“내 살다 살다 너 같은 아이는 정말 처음 본다. 아니, 눈 감고 대화하면 누가 너를 일곱 살짜리로 보겠냐? 노회한 사업가지.”

“아, 제가 너무 나댔나요?”

“무슨 소리. 1에서 10까지 틀린 말이 하나도 없는데. 나도 이제야 퍼즐이 맞춰진다. 저번에 이 사람들이 어째서 그런 말도 안 되는 투자계약서를 들고 왔는지. 아주 어르고 보듬고 옆구리 쿡쿡 찔렀던 거지? 움직일 수밖에 없게?”

이학주는 다 알겠다는 듯 조용길과 위대한 탄생을 번갈아 보며 웃었다.

나는 모른 척했다.

"잘 기억 안 나는데요."

"안 되겠다. 나도 혹시 네 회사에 지분 참여할 수 있겠냐? 늦지 않았다면 1억 정도는 보탤 수 있다. 고문 변호사인데 그 정도는 해야지."

"아이고, 늦었어요. 아쉽게도 지분 참여는 어렵고요. 대신 우리 고문 변호사님을 위해 준비한 건 있어요."

"뭔데?"

'기면 좋고 아님 말고'라고 던진 건지 안 된다고 해도 이학주의 표정엔 전혀 내상이 없었다.

그래서 나도 보따리 풀기가 수월했다.

"스톡옵션 1%를 드릴 생각이에요. 제 몫에서 따로 떼서."

"우와~ 스톡옵션? 너 그런 것도 알아? 이젠 노회한 금융가 같기도 하고. 그런 건 어디서 들었냐?"

"공부했죠."

"하긴 나도 근처에 금융 하는 놈이 있어서 들었다. 언젠가 이런 일이 생기면 딜이라도 해 보려고 준비했는데 말이야. 근데 너 그거 1% 내가 계속 여기 있는 한 안 빼앗는 거 맞지?"

"그럼요. 선배님이신데요. 그리고 원래 창업 공신은 베네핏을 가져가야죠. 이것도 계약서에 넣어 주세요."

"오케이. 앞으로 얼마나 더 커 나갈지 모르겠는데 이거 하나는 알겠다. 내가 줄 하난 제대로 잡았다는 걸. 이보슈. 조용길 씨."

"예, 변호사님."

"고문이라고 부르세요. 이제 한 식구인데."

"아, 죄송합니다. 고문님."

"저번에 소리 지른 거 미안합니다. 그때는 이 녀석을 잘 몰
랐소. 자, 앞으로 잘 지내봅시다."

쾌남처럼 손 내민다.

"아닙니다. 저야말로 감사합니다. 고문으로 오셔서."

"하하하하, 이제 다 잊고 새로 시작하는 거요."

"물론입니다. 이거 말 나온 김에 회식이라도 할까요?"

"거 좋지. 메뉴는 뭐로 할 거요?"

"김치찌개가……."

"아, 형님. 고문 변호사님도 오셨는데 김치찌개가 뭐요? 소
로 갑시다."

유재한이 나섰다.

하지만 이학주는 또 은근 소탈했다.

"난 김치찌개도 좋은데. 돼지고기 숭숭 썰어 팔팔 끓인 데
다 소주 한 잔이면 죽이지 않나?"

"거봐라, 고문 변호사님도 좋으시다잖아. 제가 아는 데가
있습니다. 가시면 절대 후회 안 하실 거예요."

"그럼 오늘 샷다 한번 내려 봅시다. 하하하하하."

갑자기 의기투합한다.

127

알아서 유대감을 가지겠다는데 말릴 이유는 없었다. 이 몸이 일곱 살이라 술판에 끼지 못해 억울할 뿐이지.

한창 웃고 있는데.

지군레코드 사장이 도착했다. 뛰었는지 이마에 땀이 흥건하다.

분위기는 저절로 진중으로 돌아섰고 난 그가 내민 계약서를 더 근엄한 표정으로 들여다봤다.

왕복 1시간이었다.

거리상 손볼 시간은 없었을 것이다.

그럼에도 유통마진을 30%로 잡아왔다.

의외였다.

'이 정도면 업계 관행상으로 봐도 큰 양보를 한 게 맞는데.'

첨단을 달리는 2000년대에도 음원 수익 분배는 5.5:4.5 정도였다. 4.5가 유통사 마진.

아마존이나 아이튠즈 같은 해외음원 시장의 경우라야 7:3 비율로 움직였는데.

1.5 차이는 실로 어마어마했다.

지군레코드 사장이 큰마음 먹은 것.

'물론 이건 이 사람 입장이고.'

내 성에는 차지 않았다. 본래 계획이 비록 2:5:3이라 해도 또 거기에 딱 맞게 가져왔다고 해도 내가 절대 '갑'이니까.

시비부터 걸었다.

"왜 30%죠?"

"엉?"

"왜 30%를 지군레코드에서 가져간다는 거죠?"

"아니, 그게…… 그것도 내가 줄인 거야. 이 업계에서 30% 받는 데는 없어. 다 40% 넘어."

"그야 그렇겠죠. 근데 지군레코드는 지금 다 걸고 덤비는 거 아니었어요? 지금 이 숫자는 받을 거 다 받겠다는 거잖아요."

"……"

"그리고 여기 보면 매출에서인지 순이익에서인지도 안 적어 놨잖아요. 만일 매출이라면 이익을 다 가져가겠다는 거잖아요. 이런 엉터리 계약서가 어딨어요?"

"어디 봐 봐."

이학주가 달려들었다.

잠시 살펴본 이학주도 내 말에 동의했다.

"그러네. 숫자만 낮아지면 뭐 해? 얼렁뚱땅 써 놨구만. 이 정도면 함정 계약서인데. 질이 아주 안 좋아."

"안 되겠어요. 지군레코드와의 계약은 보류하는 게 좋겠어요."

"맞아. 이런 식이라면 계약하면 안 되지."

죽이 잘 맞았다.

지군레코드 사장은 얼굴이 사색이 돼 달려들었다.

"몰랐어. 난 그런 줄 몰랐다고. 고치면 되잖아. 원하는 대로 다 고칠게. 난 아무것도 몰랐어."

"용길이 아저씨 곡도 싹 다 가져가게 계약을 꾸려 놓고 몰랐다뇨. 그 말을 누가 믿어요? 정말 큰일 낼 분이시네. 지금 이 시국에 함정 계약서가 가당키나 해요?"

"아니야아니야. 우린 따로 유통 계약을 맺은 적이 없어서 그래. 부랴부랴 숫자만 바꿔 넣은 거야. 나 봐 봐. 땀 흘리는 거. 사무실에 가서 바로 집어 온 거라고."

"아무리 그래도 믿을 수가 없는데요."

"믿어 줘. 난 정말 최선을 다했어."

애절하게 매달리는 지군레코드 사장을 두고 이학주와 시선을 교환했다.

이학주는 이쯤에서 봐주는 게 어떠냐는 눈빛이었다.

으으음, 그럴까?

아니야. 아직 멀었어.

"안 되겠어요. 아무리 생각해도 이런 식의 계약은 나중에 분쟁의 소지가 커요."

"안 돼. 해 달라는 대로 다 해 줄게. 순수익의 20%로 고칠게. 그러면 되지? 제발 우리랑 계약해 줘."

자기가 알아서 마진을 낮춘다.

그러든 말든.

"지금 LP판 한 장 소매가격이 얼마나 해요?"

"그야…… 그건 왜? 아니아니아니, 말해 줄게. 싼 건 2500

원 정도 나가고 비싼 건 4000원도 받고."

"아니, 조용길 판이요."

"용길이 꺼는 4000원에 내놔도 없어서 못 팔지. 그래도 보통 3500원 정도로는 내놔. 소매상들이 비싸다고 지랄하니까."

오케이.

"그럼 앞으로 지군레코드에 넘길 앨범을 3000원에 동결시킬게요. 대신 생산과 유통은 지군레코드가 알아서 하는 거로 가죠."

"엉?"

"어려워요?"

"아니, 그게 무슨 얘긴지……."

"간단하잖아요. 우린 공장이고 지군레코드는 우리 물건 떼가는 도소매상이죠."

"오호, 그러네. 공급가가 결정되면 판매가는 유통사가 알아서 가격을 결정하면 되니 수익 관리도 편하고 서로의 입장을 침해할 염려도 없고."

이학주가 거들었다.

지군레코드 사장은 아직 감이 안 오는지 멍했다.

"쉽잖아요. 앨범 만들어서 3000원에 드릴 테니 나머지는 알아서 하시라고요. 찍는 만큼 값을 주시면 끝. 어려워요?"

"잠깐잠깐잠깐, 그럼 무조건 손해야. 2000원은 맞춰줘야 얘기가 된다고."

"그럼 가격을 올려 4000원이든 5000원이든 파세요. 설마 용길이 아저씨 걸 3000원에 파실 생각이었어요?"

"그건 아닌데."

"20억까지 베팅한 분이 이상한 데서 망설이시네요. 지금 다 걸고 오시는 거 아니에요? 잊지 마세요. 지금도 여전히 용길이 아저씨는 이 협상이 탐탁지 않아 한다는 걸."

"……."

대답을 안 한다.

"싫으시다면야 저도 어쩔 수 없……."

"그럼 생산도 우리 줘."

무슨 소릴 하는 건지.

"아까 생산도 드린다고 했잖아요."

"그랬나?"

정신이 없구만.

"그럼 가격은 소매가를 기준으로 매년 조정하는 거로 하고 한 달에 5일은 오필승 엔터테인먼트를 위해 녹음실 비워 주세요. 물론 대여료는 드릴게요. 이 부분도 터무니없게 값을 부르면 전체 계약에서 문제가 생길 거예요."

"알았어. 그건 다 맞춰 줄게."

일사천리.

이것으로 생산, 유통에 관한 문제가 다 해결됐다.

이제 이 사람을 달랠 일만 남았다.

"그럼 남은 건…… 계약 기간인데. 1년은 안 되겠죠?"

툭 던졌다.

"뭐?! 1년은 안 돼. 1년 가지고 어디에다 써."

기겁해서 달려든다.

"그럼 얼마나 해 드리면 좋겠어요?"

"최소…… 5년은 해 줘야 해. 그래야 나도 안심하지."

"10년이라면요?"

"10년?! 그렇게만 해 주면 더 바랄 게 없어."

"그러니까요. 사장님은 우리한테 뭘 해 줄 수 있죠? 지금에라도 오아시스로 가지 않고 지군레코드에 정착할 이유가 뭔가요? 그 이유가 납득된다면 10년으로 해 드릴게요."

"그건……."

"어! 어려우세요? 그 꼴을 겪고 생산에다 유통에다 10년 계약이면 우리도 생각 많이 해 드린 건데. 맞잖아요. 사장님 같으면 이렇게 해 주실 수 있으세요?"

고개를 푹 숙인다.

"맞아. 제작에서만 빠졌지. 생산이랑 유통을 줬으니 해 줄 만큼 해 준 거 맞아."

"그런데도 선물도 하나 마련 안 하시는 거예요? 아시잖아요. 사람 마음이 오고 가는 물질 속에서 정겨워지는 거."

"그것도 네 말이 맞다. 너무 내 생각만 했어. 알았어. 뭐라도 줄게. 원하는 걸 말해 봐."

"땅 좀 사 주세요."

"으응?"

웬 땅?

"저기 여의도에다가 좀 넉넉하게. 해 줄 수 있으세요?"

"……땅, 땅이라. 알았어. 그거 못 사 주겠어? 사 줄게. 이러면 나랑 다 해결된 거야?"

나는 대답 대신 조용길을 바라보았다.

이 부분은 당사자가 결정할 문제니까.

잠시 적막이 흘렀지만, 조용길은 지군레코드 사장에게 다가갔고 손을 내밀었다.

"알겠습니다. 이제 그만 하죠."

"정말이야? 정말 날 용서해 주는 거야?"

"솔직히 말해 아직 앙금이 있긴 한데. 정성을 보이셨으니까 더는 안 나가겠습니다."

"고마워. 고마워. 용길이 정말 고마워."

손을 잡고 감격해 하지만 조용길은 일침을 놓는 것도 놓치지 않았다.

"다만."

"으응?"

"잊지는 않을 겁니다. 언제든지 이런 일이 벌어질 수 있는 걸 배웠으니까요."

"그래그래, 나도 명심할게. 안 그래도 전속 가수들 계약서

다시 쓰고 있어. 나도 이번에 느낀 게 참 많아. 고마워. 용길이. 정말 날 살려 준 거야."

"자, 그럼 거의 다 해결된 것 같으니 해산하시죠. 아! 사장님은 내일 오셔서 정식으로 계약하시고요."

"아, 알았어. 내일 올게. 저기 여의도 땅도 내가 바로 알아보고 알려 줄게. 고마워. 다들. 내가 정말 잘할게."

그는 돌아갔고 작업실은 환호성이 터졌다.

그러나 회식은 다음 날로 미뤄야 했다. 이학주가 당장 준비해야 할 계약서만 열 종에 가까웠으니까.

◇ ◆ ◇

"……."

"……."

"……."

"……."

"한 번 가 봐야 하지 않겠나?"

"……."

"장사도 중요한데. 한 번 가 보자."

"……."

같이 가는 게 싫다는 건지 가게 하루 문 닫으면 나오는 손해 때문인 건지 대답하지 않는 어머니에 아버지는 가슴이 또 답답해졌다.

열불이 오르려던 아버지는 일단 꾹 누르고 살살 달랬다.

"그 교수 양반 왔다 가고 내도 생각이 좀 많았다. 대운이 혼자 저렇게 날뛴 게 나 때문이라고 카니 이게 뭔가 싶기도 하고. 어무이가 계시지만 그래도 서울 올라간 지 꽤 됐는데 부모가 함 가 봐야 옳은 거 아이가?"

"……"

"계속 대답 안 할 끼가?"

"……"

"하아~."

이랬다. 대화 좀 하려면 철벽.

돌이켜 봐도 둘이 만나 가정을 꾸린 이래 좋았던 적은 거의 없었다.

그렇다고 이렇게까지 나빠질 이유도 없었는데.

물론 잘못을 많이 하긴 했지만.

설사 그렇더라도 이렇게 무시당하고 나면 양보하고 싶은 마음이 싹 사라진다.

아니, 집에만 들어오면 숨이 턱턱 막힌다. 어디 몸 누일 데도 없고.

이럴 차에 누가 좋은 말이 나올까.

'성질머리가 한 번 틀어지면 얼마나 오랫동안 사람을 들들 볶는지. 고집은 또 얼마나 센지, 한 번 정해지면 주변에서 무

슨 말을 하든 요지부동.'

오래살다 보니 파악한, 저 머릿속에서 돌아가는 계산법이
너무 뻔히 보이는 것도 이젠 거슬렸다.

대체 이 집의 가장이 누구인지.

지금까진 피하기만 했다. 친구들의 대우가, 술집 여자들의
환대가 거짓이라는 걸 알면서도, 그게 철철 뿌리는 돈 때문인
걸 알면서도, 좋았다. 그 순간만큼은 뿌듯했고 기뻤으니까.

하지만 계속 이렇게 살아선 안 됨을 이번에 깨달았다.

그 교수란 양반 말대로 회복하든지 이혼하든지 양자 간 택
일을 해야 할 것 같았다. 이것저것 걸리는 게 많더라도 더는
괴로워서 못 살겠다.

"진짜 안 갈래? 이거 진심으로 묻는 거다."

"······."

기분이 이상했다.

끝까지 대답 없는 얼굴인 건 마찬가지인데.

오늘따라 전에 없이 건널 수 없는 골이 느껴졌다.

이 사람도 이혼에 대해 진지하게 고민하는 건가.

"······."

어쩌면 그게 서로에게 좋을 수도 있겠다.

평생을 이렇게 괴롭게 사느니 편하게 자기 인생사는 것도.

"알았다. 내 더 말 안 할게. 내일 출발할 테니 가고 싶으면
가고 말고 싶으면 말고."

"……"

이젠 될 대로 되라지. 아버지는 돌아누웠다.

"……"

그 뒷모습을 보는 어머니는 억장이 무너졌다.

눈물이 하염없이 솟았다.

그래도 순정이 있어 밖에서 무슨 짓을 하든 내 남편인 줄 알고 살았다.

하지만 냉랭한 시선은 차가운 화살처럼 가슴에 못 박혔고 행패는 날로 심해졌다.

대체 무슨 잘못을 했다고?

열심히 산 죄밖에 없었다.

더러운 시장 바닥에 좌판을 깔고 생선 한 마리 팔면 얼마 남고 또 한 마리 팔면 얼마씩 남는 게 그렇게 재미있을 수가 없었다.

그 때문에 남들처럼 가정에 전부를 바치지 못했지만 대신 살림은 날로 좋아졌다. 가게 규모가 커질수록 지갑은 두둑해졌고 부자가 될 수 있다는 희망이 넘실거렸다. 그때만 해도 남편은 성실했다.

그러나 어느 순간부터 돈이 비기 시작했다.

나중에 알고 봤더니 시동생 도박 빚 갚아 줬단 얘기를 들었다. 그 돈을 벌려면 뙤약볕 속에서 얼마나 쪼그려 앉아 있어야 하는데.

그래도 한 번은 넘어갔다. 그럴 수도 있다고 생각했다. 너무 급해서 말 못했을 수도 있으니까.

헌데 한 번 돈맛을 본 시동생은 시도 때도 없이 빚을 져 댔고 시어머니는 그런 아들을 도와주라고만 했다. 어떤 고생을 하며 버는 돈인지도 모르고. 돈이 하늘에서 뚝 떨어지는 줄로만 안다.

몇 번 말려도 봤다. 도와주는 건 괜찮으니 목돈이 쌓인 다음에 도와주자고.

다음 날로 자신은 형제의 우애를 이간질하는 천하의 못된 년이 돼 있었다.

억울했다. 100에서 10 도와주는 것과 10에서 10 도와주는 건 다르지 않나.

'허무해.'

열심히 일하면 뭐 하나?

다른 놈의 주둥이로 다 들어가는데.

희망도 꿈도 기쁨도 모두 사라졌다. 결국 가게도 날리고 이 조그만 슈퍼나 하고 있다.

그럼에도 남편은 미안하다는 사과 한 번 없이 자신을 못된 년이라 몰아붙인다.

정말 더 살아야 하나?

대운이 하나 보고 참았다지만 이렇게 더 살다간 죽을 수도 있겠다는 생각이 들었다.

정말 죽을 수도 있을 것 같았다.

인생이 너무도 괴로웠다.

◇ ◆ ◇

이학주가 계약서를 꾸리는 데는 내 도움이 필요했다.

어느 정도 가이드라인을 제공해 줘야 수월할 테니까.

시작 단계이고 이학주도 연예 시장에 경험이 많지 않은 터라 잠시 헤맸는데 다행히 출구를 찾을 수 있었다.

독점 유통 계약서.

독점 생산 계약서.

고문 위촉 계약서. 스톡옵션조항 포함.

직원 채용 계약서.

연봉 계약서.

작곡가, 작사가 저작권 대여 계약서.

전속 가수 계약서.

앞으로 업계 표준이 될 녀석들이 쉼 없이 만들어지고 있었다.

그럴수록 나는 머리가 아파왔다.

% 하나 잘못 기입했다간 두고두고 어떻게 될지 모르는 문서라. 무엇보다 내가 이걸 계속 처리할 생각을 하니 앞길이

막막했다. 이대로는 안 될 것 같았다.

"선배님."

"왜?"

"혹시 인사 노무 관련 전문가 좀 아세요?"

대번에 내가 무엇이 필요한지 캐치한 이학주가 피식 웃었다.

"데려다 쓰게?"

"소속된 사람들만 몇인데요. 앞으로 더 커질 테고 제가 일일이 매달릴 시간이 없어요."

"……그렇긴 하네. 알았다. 내가 여기저기 둘러볼게. 기똥차진 않아도 믿을 만한 사람이 중요한 거잖아."

"물론이죠. 일만 할 줄 알면 돼요. 허튼짓만 안 해 줘도 저한테는 큰 도움이니까요."

"근데 경리는 안 필요하냐?"

"필요하죠."

"알았다. 다 같이 찾아볼게."

"감사해요."

"뭘. 아무것도 안 하고 스톡옵션을 1%나 받아먹는데. 일해야지."

지군레코드 건부터 시작해 큰 산을 넘었다.

체계를 갖춰 가다 보면 21세기 기획사들과 어깨를 나란히 할 때가 오겠지.

대략 마무리하고 집으로 돌아갔더니 조형만이 가족과 함

께 와 있었다.

오케이. 이사 왔구나.

애가 둘이었는데 하나는 갓난아이고 하나는 이제 걷기 시작할 때라.

할머니가 돌봐 줄 테니 폐라 생각하지 말고 매일 오란 말을 하고 있었다.

인사를 마친 나는 조형만에게 우선 쉬고 내일 오전에 다시 오라 하였다. 만날 사람도 있고 앞으로 일을 의논할 거라고.

하지만 다음 날 아침 우리 집 문을 가장 먼저 두드린 사람은 조형만이 아니었다.

부모님이었다.

"……!"

반가워야 했는데.

부모님의 얼굴을 보는 순간 가슴부터 철렁 내려앉았다.

반성 좀 하라고 두고 올라왔더니.

체념과 포기만 가지고 왔다.

서울에 올라올 때만 해도 지지고 볶긴 했으나 이 정도까진 아니었는데.

그사이에 무슨 일이 생겼던가?

"설마 갈라설 생각을 굳히신 거예요?"

툭 떨어진 내 말에 두 분이 멈칫, 그러면서도 딱히 부정하지 않았다.

할머니는 이게 뭔가 하다가 입을 떡 벌렸다.

정말 부모가 빌런들이었나?

가만히만 계셔 달라고. 그것만 해도 충분하다고 그토록 말했건만 돌아온 건 결국 이혼이었다.

아닌가? 내가 설친 것 때문에 이혼이 빨라진 건가?

화가 치솟아 고운 말이 나가지 않았다.

"진짜 너무들 하시네요. 애새끼 낳아 놓고 헐뜯고 때리고 울고불고 망해 가는 것만 보여 주더니 이젠 이혼까지 하시겠다? 딱 보니 두 분 다 결심을 굳히신 모양인데. 그 길이 나랑 완전히 척지는 거라는 걸 아시고 가는 거예요?"

"······!"

"······!"

"아빠는 엄마를 잘 보듬어 주고 예쁜 말 해 주고 아껴 주는 게 그렇게 힘들어요?"

"······."

"엄마는 아빠를 가장으로서 대우해 주는 게 그렇게 힘들어요? 눈길마다 그렇게 깔아 봐야 속 시원한 거예요?"

"니가 뭘 안다고?!"

대번에 발끈한다.

나도 모르겠다.

"몰라요. 모르니까요. 앞으로도 계속 몰라볼래요. 그래서 저랑 남처럼 살 자신 있어요? 나 안 보고 끝까지 혼자 사실 자

143

신 있냐고요?!"

"이게 엄마한테!"

"그럼 이건 애새끼한테 잘하는 짓이냐고요!!"

짝

맞았다.

얼마나 세게 후려쳤는지 몸이 튕겨 넘어졌다. 한 대 맞고 나니 또 더러웠던 일이 떠올랐다.

예전 엄마랑 단둘이 충청도 친가로 가다가 잠깐 존 적 있었다. 그때 난 아주 무서운 꿈을 꿨는데 눈 뜬 나는 엄마를 몰라보고 마구 울면서 도망쳤다. 귀신이 쫓아오는 줄 알았으니까.

나를 붙잡은 엄마는 주먹으로 내 얼굴을 쳤고 코피를 줄줄 흘리는 나에게 돈 오천 원을 주며 혼자 가서 잘 살라고 했다.

"……."

한번 북받치니까 사십 넘은 내공으로도 도저히 쿨해질 수가 없었다.

우리 집은 정말 안 되나?

"대운아! 대운아~!!"

할머니가 달려와 날 일으켰다.

뚝뚝 떨어지는 코피처럼 내 마음은 무참해졌다. 할머니가 서둘러 내 코를 막아 보지만, 줄줄 흘러내리는 피는 내 눈물과 함께 내 속의 상처를 또 찢어발겼다.

'그래 씨벌, 다 흘러가라. 다 빠져나가라. 나도 더 이상은

싫다.'

두 분은 또 두 분끼리 싸우고 있었다. 바닥까지 떨어진 어머니는 죽이라고 대들고 아버지는 한 대 칠까 말까 망설인다.

그때 현관문이 열리며 조형만과 익숙한 얼굴이 나타났다. 하필 노태운의 비서였다. 신 비서.

피를 막 쏟는 나를 본 두 사람은 기겁해 달려와 나를 안았고 병원으로 데려가려 했다.

이젠 찢어지는 가슴보다 쪽팔린 게 더 커졌다.

나도 나를 확 놓고 싶었다.

"놓으세요. 괜찮아요. 막으면 멎을 거예요."

"안 된다. 피를 너무 많이 흘린다. 어서 가자. 당신들 뭐야?!"

보다 못한 신 비서가 소리쳤다.

조형만은 우리 부모님을 알아보았지만, 비서는 초면.

그런데 이 사람은 왜 온 거지?

"당신들 뭐냐고?! 이것들이 이 애가 누군지 알고 감히 때려! 죽고 싶어! 안 되겠어. 이것들을 당장에 잡아 가둬야지."

바로 집 전화기를 집는 신 비서였다.

겨우 말렸다.

"하지 마세요. 우리 부모님이세요."

"뭐?!"

"우리 부모님이시라고요."

"대운아, 이 사람들이 정말 네 부모야?"

"예."

"그럼 코피는? ……볼이 벌겋게 올라왔네. 이건 맞은 건데."

이글이글.

신 비서는 아버지에게 다가갔다.

"당신이 때렸어?"

구김 하나 없는 정장에 포마드로 머리를 단정히 올린 젊은 남자가 성큼 다가가자 아버지는 움찔 물러섰다.

신 비서는 살벌했다. 개인적인 힘은 아버지가 더 셀지라도 그는 권력자였다.

"신 비서 아저씨, 그만요."

"안 돼. 애를 어떻게 이렇게 때려?!"

"제발 일 좀 키우지 마세요. 코피는 금방 멎어요."

"내가 본 이상 안 돼!"

"제발요."

"안……."

"보소. 비서 양반."

힘 빠진 목소리는 할머니였다.

"이제 고마 하이소. 이것만도 충분합니더."

"할머니."

"근데 여긴 우짠 일입니꺼? 아! 혹 장관님이 오시는 길입니꺼?"

말하다가 놀란 할머니가 벌떡 일어났다.

"아닙니다. 오늘은 저만 왔습니다."

"휴우~ 다행이네예. 장관님이 이 꼴을 보셨으면 우짤 뻔했습니꺼."

"보셨으면 당장에 불호령이 떨어졌겠죠."

아버지를 째려본다.

"저기, 비서님. 이 일은……."

"안 됩니다. 가정 폭력은 버릇입니다. 뿌리부터 뽑아야 합니다. 내 당장 저 사람을 대운이 주변에 얼씬거리지 못하게 만들 겁니다. 당신. 빨리 안 나가! 이 새끼가 진짜 끌려 나가 봐야 정신 차리려고!"

"하지 마이소. 제발 좀 부탁입니더."

"할머니, 이런 건 초장부터 막아야 합……."

"사위는 대운이를 안 때렸습니더. 밖에서 허튼짓하고 다녀도. 또 가끔 혼낼 때는 있지만 이렇게 막심하게 때리지는 않습니더."

"예? 그럼 이건 누가?"

깜짝 놀라 반문하는 신 비서였다.

한숨을 내쉰 할머니는 체념한 듯 손가락으로 한 사람을 가리켰다.

"쟈라예. 내 딸. 방금도 이혼하겠다고 쳐들어온 기라 실망한 대운이가 화를 좀 냈어예. 그것 가꼬 아를 또 후려친 깁니더. 다시는 안 때리겠다고 다짐에 다짐을 해 놓고. 내 보는 앞

에서 또 때린 기라예. 이 피 보이소. 아이고, 이젠 내도 모르
겠습니더. 붙잡아 갈라믄 쟈를 붙잡아 가이소. 내도 더 이상
은 안 되겠습니더."

하며 물어보지 않는데도 나한테 들은 얘기, 직접 본 사실
할 것 없이 천천히 모두 밝혔다.

부모를 두고 조손만 서울에 올라온 진짜 연유를.

"가만히 숨어 살던 대운이가 이렇게 툭 튀어나와 여기저기
바쁘게 뛰어다니는 것도 다 쟈 때문이라예. 이 어린 것이 저
기 아들하고 놀이터 가서 놀아도 바쁠 판에 어른들이랑 돌아
다니고 일하고…… 내가 낳았지만 이젠 내도 두 손 두 발 다
들었심더. 쟈를 다시는 대운이 곁으로 못 오게 막아 주이소."

"……."

"쟈는 엄마도 아입니더. 저기 멀뚱히 서 있는 사위도 마찬
가지고예. 이참에 호적이고 뭐고 다 정리시켜 주이소. 놔두
면 두고두고 대운이 속 썩일 연놈들이라예. 제 호적에 넣고
제 아들로 키울 겁니더. 그렇게 해도 됩니꺼?"

"그야…… 하시겠다면 해 드릴 수는 있는데."

신 비서는 의기 충만한 눈길로 날 봤다. 말만 하라고. 원한
다면 뭐든 해 주겠다고.

나도 솔직히 고민됐다. 이렇게까지 가는 건 절대 원하지
않았지만.

나의 오산이었고 나의 행보는 오히려 이혼의 시간을 앞당

기고 말았다. 우리 집은 안 좋은 쪽으로만 나비효과가 흐른 것이다.

'우리 부모님은 정말 만나선 안 될 인연이었던가.'

그렇다고 내 인생이 이제 시궁창으로 떨어질 일은 없었다. 그건 그나마 다행인데.

씁쓸함을 감출 수가 없었다.

들어올 때 두 사람의 눈빛을 똑똑히 기억한다.

내가 다시 잡는다 한들 돌이킬 수 있을까?

계속 우울한 얘기지만 부모님은 결국 신 비서에 의해 내쫓겼다.

장관이라는, 당시 우리 집으로서는 상상도 못 할 권력 앞에 좋았던 위세는 사라졌고 순한 양이 되어 시키는 대로 움직였다.

그걸 지켜봤다. 아버지는 사나이 자존심에 살짝 반항이라도 해 보지만, 어머니는 평소 그리도 원망하던 아버지의 뒤에만 꼭꼭 숨었다.

신 비서가 부른 두 떡대는 명령이 떨어지자마자 가차 없이 행동했고 부모님은 아세아 자동차가 1979년 라이센스 생산한 장관급 관용차인 푸조 604에 태워져 멀어져 갔다.

이 와중에도 난 저 차 한 대 값이 2천만 원이었던가? 라는 생각을 했고 하여튼 오늘은 오전부터 소나기가 한번 거하게 내렸다.

"……."

회귀한 이래 가장 참담한 날.

희망을 품었는데. 모두 수포로 돌아갔다.

"들어가자."

호적에서 파는 짓은 하지 않았다. 한다면 권력으로 안 되는 게 없던 시대긴 한데 거기까지 선을 넘는다면 나도 내가 어디로 튈지 몰라 참았다.

그나저나 걱정이었다.

부모님의 저 겸손함이 며칠이나 갈까?

지금은 경황이 없고 권력의 위세에 눌리고 겁도 나고 그러겠지만 내가 그러하듯 우리 부모님도 간이 작은 스타일이 아니었다.

한 번 정하면 뒤도 안 돌아보는 사람들. 그게 피붙이든 아니든 독하게 움직이는 사람들이었다.

결국 난 보름이 안 돼 이혼 절차를 밟았다는 소식을 들었다.

이런다고 나에게 아버지가 아버지가 아닌 게 아니고 어머니가 어머니가 아닌 게 아니겠지만.

두 사람은 만족한 얼굴이었다고.

인생이 선택의 연속이라면 이번 일도 그렇게 봐 줄 생각이었다. 각자 행복해지기 위해서라고.

우리 아버지고 우리 어머니고 참으로 대단한 사람들이었다.

"대운아, 괜찮나?"

"……."

부모님이 서울역으로 쫓겨나고 조형만과 함께 작업실로
향했다.

사고는 사고고 일은 일이니까.

조형만이 내 눈치를 보며 조심스러워 하나 솔직히 대답할
기력이 없었다.

집안이 바닥까지 보인 마당에 무슨 변명이 있을 테고 또 사
실 무슨 말을 하든 그리 위로가 안 된다. 그리 충격적이지도
않았고.

"길 알려 드릴게요."

"……알았다."

학습지 싣고 다니느라 시트가 다 해진 봉고차가 달달거리
며 지시하는 대로 움직였다.

이리 가라면 이리 가고 저리 가라면 저리 가고.

그걸 보는데 문득 억울함이 치밀었다.

아무것도 아닌 봉고차도 내가 가라면 가고 돌리라면 돌리
는 데 그냥 좀 얌전히 살면 안 되나? 쇼윈도라도 관계만 유지
해 주면 내가 어떻게든 해 볼 텐데. 꼭 그렇게 나서서 북 치고
장구 치고 해야 직성이 풀리나.

젠장.

도착한 작업실엔 모두가 환한 얼굴로 모여 있었다.

새로 나타난 조형만에 의아해하는 가운데 마음을 꾹 누르고 인사부터 시켰다.

"앞으로 오필승 엔터테인먼트의 대외 업무를 담당하게 될 조형만 실장입니다."

"조형만입니더. 앞으로 기탄없는 지도 편달 부탁드립니더."

"으응? 대운아……?"

새로운 멤버의 출현에 어리둥절.

이게 무슨 일이냐고 쳐다보나 설득시킬 체력도 없었다.

강행 돌파.

"음반과 관련되지 않는 업무를 주로 보실 거예요. 그 일을 할 분이 없다 보니 대구에서 올렸어요. 부디 따뜻하게 맞아 주세요."

"으흠, 그래서 그런 거구나. 역시…… 알았다. 여~ 반갑소. 나 이학주요. 여기 고문 변호사."

"예?! 아이고, 만나서 반갑심더. 변호사님. 조형만이라고 합니더."

끔뻑 허리를 숙이는 모습이 마음에 들었는지 이학주는 조형만의 어깨를 툭툭 치며 조용길과 다른 사람들에게도 말했다.

"뭘 그리 멀뚱히 쳐다봐? 너희들이 그럼 인사랑 노무, 다른 사업까지 쫓아다닐 거야? 음악 하는 것만도 바쁘지 않아? 아니야?"

"……."

"얘들이 이렇게 느리네. 대운이가 너희 음악에 집중할 수 있
는 환경을 만들려고 사람을 부른 거잖아. 이래도 모르겠어? 앞
으로도 계속 사람이 늘 텐데 그때마다 그런 얼굴들 할 거야?"

"아!"

"이게 그런 거였어?"

"아아~ 몰랐네. 난 또."

"반갑습니다. 유재한입니다."

"아예, 조형만입니더."

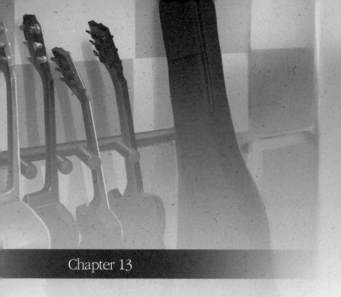

Chapter 13

우르르 인사를 마치고 마지막으로 조용길이 손을 내밀자 조형만은 다시 한 번 허리를 깊게 숙였다.

"조용길입니다. 우리 잘해 봅시다."

"하모요. 지는 대운이 말이면 죽는시늉까지 하는 사람입니더. 걱정하지 마이소. 최선을 다해 일하겠습니더."

"하하하하, 자, 다들 인사 나눴으니 계약서부터 쓰자고. 근데 대운이 너 볼이 왜 이래? 살짝 부은 것 같은데? 맞았냐?"

"아니에요. 딱딱한 데서 졸다가 부은 거예요."

"그러냐? 조심 좀 하지. 자자, 조용길, 유재한, 이호진 너희는 여기 채용 계약서가 있으니까 잘 읽어 보고 도장 찍어. 형만 씨도 도장 가지고 왔죠?"

"아아, 예, 대운이가 가져오라고 해서 가지고 오긴 했는데."

"그럼 잘 읽어 보고 찍으세요. 그거 찍어야 우리 회사 직원 이니까. 대운아, 너도 찍어야지?"

이학주가 나눠 준 채용 계약서는 내가 말한 내용을 틀림없 이 담고 있었다.

신의 성실에 관한 내용은 물론이고 출근과 퇴근, 4대 보험 도 다 들어가 있었다. 국민연금은 아직 사학 연금의 개념에 머물 때고 건강 보험은 300인 이상 사업장에만 적용되고 산 재 보험은 있는지도 모르고 고용 보험은 아직 필요성조차 없 던 시대인데도 부득불 넣었다. 어차피 만들면 되니.

화룡점정은 주 5일 근무였다.

정시 출근, 칼퇴근, 토요일도 격주로 쉬지 않을 때인데도 주 5일 근무.

환상적인 라인업에 모두의 입은 떡 벌어졌고 과연 이게 가 능한 계획인지 의심부터 했다.

웃어 줬다.

"뭘 그리 놀래요? 이건 직원들 계약서예요. 아저씨들이랑 관계없다고요."

다음은 연봉 계약서였다. 총금액을 13으로 나눠 열두 달은 월급으로, 나머지의 반을 쪼개 두 번의 명절 떡값으로 지급하 겠다 명시하였다.

이사급 연봉이 1000만 원, 실장급 연봉이 500만 원, 내려가며 대체로 구분 되게 표도 짜 보여 줬다. 신입도 돈으로는 대기업에 꿀리지 않게.

이호진의 입이 귀에 걸렸다. 지분이 3%짜리라도 이사급으로 이름을 올렸다. 신나서 보여 준 연봉계약서에 단순 투자만 했던 세 사람은 입이 대빡 나와 불평했다. 이대로라면 이호진은 투자한 5천만 원을 연봉으로 다 회수할 수 있었기 때문이었다.

그러게 누가 단순 투자만 하랬나.

계약이 끝나자마자 앞으로 오필승 엔터테인먼트가 걸어갈 비전.

그에 대한 포트폴리오를 발표하는 시간을 가지려 했다.

헌데 지군레코드 사장이 찾아왔다.

그가 왔으니 계약부터 진행해야 하는 터라 또 순서가 밀렸다.

이학주가 내놓은 독점 유통 위탁 계약서와 독점 생산 위탁 계약서를 꼼꼼히 살펴본 지군레코드 사장은 곧바로 도장을 찍었다.

입가가 벌써 만족한 그는 기분 좋게 품에서 땅문서를 하나 꺼냈다.

"혹시 몰라 시범 아파트 입주할 때 사 둔 건데. 대방동에 가까운 땅으로 1천 평 정도 될 거야. 이걸 줄게."

"여의도 땅을 가지고 계셨군요."

"와우 아파트가 붕괴되고 정부가 시범 아파트에 공무원을 밀어 넣을 때 돈 모자라다고 누가 찾아왔길래 도와줬더니 귀띔해 주더라고. 앞으로 여의도를 푸쉬할 거라고. 그래서 사둔 거야. 이렇게 요긴하게 쓰일 줄은 몰랐네."

참고로 와우 아파트는 1970년에 붕괴했다. 시범아파트는 1971년에 입주했고.

민간 아파트에 대한 불신이 극에 달할 때라 어떤 된 사정인지 바로 이해됐다.

"얼마 주고 사셨어요?"

"얼마 안 들었어. 한 1천 원 들었나?"

평당 1천 원이라.

이학주에게 물어봤다.

"이거 지금 시세가 얼마나 해요?"

지금은 그때와 달리 국회의사당에 KBS, TBC, MBC가 다 들어와 있었다. 여기저기 빌딩 올리느라 정신없을 때고.

"몰라. 한 1백만 원 하나?"

평당 1백만 원이면 10억짜리 땅문서다.

이러면 대체 얼마나 뛴 거야?

성의를 보이려는 건 알겠으나 과했다.

그냥 받는다면 나중에 문제가 될 소지도 있고⋯⋯ 앞으로 땅값이 뛸 때마다 목에 걸릴 것이다.

"감사하네요. 이렇게 성의를 보이실 줄은 몰랐어요."

"아니다. 이번에 계약해 주지 않았다면 전속 가수들이 다

나갔을 거야. 받아 줘서 내가 살았어. 그러니 이런 건 아무것
도 아니야."

"그래도 일단 성의만 받을게요. 그 땅문서는 저희가 사는
거로 할게요."

"으응?"

"현재는 가진 돈이 부족해서 어쩔 수 없는데 유통 대금과
상계 처리 하는 건 어떠세요?"

"아니야. 줄게. 나 딱 마음먹고 주려고 가져온 거야."

"이 정도 성의를 보였으면 됐어요. 그걸 팔아 주신 것만도
저희에겐 큰 도움이에요. 고문 변호사님, 이 건도 계약해 주
세요. 계약금은 1억이고요. 나머지는 유통 대금으로 지불하
는 방식으로요."

"가능하지. 김 사장님, 그렇게 합시다. 오필승은 대운이가
다 결정하니까 하자면 그냥 하면 됩니다."

"아니, 이게 이러려고 가져온 게 아닌데……."

"어허, 뭘 그리 고민해요. 내 금방 계약서 만들어 올 테니까
잠시만 기다리슈."

이학주가 나가자 지군레코드 사장은 고개를 푹 숙였다.

그 앞으로 다가갔다.

"처음부터 저희가 사려고 그랬어요. 이만큼 성의를 보이셨
는데 저희가 사장님의 진심을 의심할까요. 우리 힘 합쳐서 잘
살아 봐요."

"진짜 사려고 했어?"

"그럼요."

"공짜로 받을 수 있는 건데?"

"세상에 공짜가 어딨어요. 그리고 이런 공짜는 한 번도 바란 적 없어요. 사장님 의지가 궁금했을 뿐이죠."

"하아…… 처음이다. 내 손에서 돈 안 가져가려는 사람은."

"……"

"만나는 놈들마다 혈안이 돼서 내 돈만 노렸는데."

자조적인 멘트가 지나갔다.

그가 다시 고개를 들었을 땐 한결 개운해진 인상이 우릴 반겼다.

"고맙다."

"뭘요."

"진짜 고맙다. 아니, 내가 완전히 졌다."

"……"

"혹시 도움될지 모르겠는데 나도 이 바닥에서는 힘 좀 쓴다. 앞으로 무슨 일이 있으면 나를 불러라. 내가 도와줄게."

"감사해요."

훈훈한 분위기가 오가는 사이 이학주가 돌아왔다.

"유통이고 생산이고 독점 10년이니까 상계도 건당 50%씩 10년 한도로 잡았습니다. 확인하시고 도자……."

이미 찍고 있었다.

"아니, 그래도 확인은 하고……."

"여기까지 와서 무슨 확인입니까. 못 먹어도 고죠. 나 그렇게 쩨쩨한 사람 아닙니다."

"허허, 사장님도 한 화끈하시네요."

"화끈하면 부산 사나이 아닙니까. 이래 봬도 부산에서 잔뼈가 굵은 싸나이입니다. 그동안 못난 모습 보였는데 저도 한번 한다면 하는 놈입니다."

"어! 이거 이러면 또 안 되는데."

이학주가 온몸을 비틀어 댔다.

"왜요?"

"오랜만에 남자가 남자를 만났는데 이렇게 밍숭맹숭한 게 맞습니까?! 갈증 안 납니까?!"

"아아! 나야 좋긴 한데 끼어도 되겠습니까?"

조용길의 눈치를 본다.

조용길이 고개를 끄덕이자 지군레코드 사장은 입이 함지박처럼 벌어져 보따리까지 풀려고 나섰다.

"그럼 오늘 제가 풀로 모시겠습니다. 저기 가면 끝내주는 아가씨들이……."

"사장님."

"엉?"

"저 일곱 살이에요."

"……!"

163

"용길이 아저씨, 김치찌개집으로 가죠."

다 잘 풀리고 기분까지 좋은데 룸싸롱이든 포장마차든 무에 대수일까.

솔직히 말해 오늘은 나도 좀 퍼붓고 싶은 날이긴 했다. 외모가 하필 이 모양인 관계로 사이다만 홀짝.

하지만 사람들은 김치찌개에, 주인장이 구워 주는 뒷고기에 흥청망청 부어라 마셔라 했고 어느새 형님, 아우가 되어 젓가락으로 장단 맞춰 노래도 부르고 얼싸안고 난리가 났다.

기분 째진 지군레코드 사장은 벌떡 일어나 골든벨을 울렸고 가게에 있던 손님들 술값을 자기가 다 계산해 버렸다.

그 순간 또 김치찌개집이 대동단결에 들어갔다.

대충 나이를 보고 다 형 아우 먹고 지군레코드 사장은 테이블을 돌아다니며 술을 따라 주며 돈 쓰는 기분을 만끽했다.

비틀거리지 않은 사람은 둘밖에 없었다. 조용길과 나.

나야 그렇다지만 조용길은 확실히 술에선 무쌍인 모양이다. 남들보다 더 마시고도 쌩쌩하였다.

어쨌든 나는 포트폴리오를 발표할 기회를 또 날렸고 내일을 기약하며 인사불성인 조형만을 데리고 겨우 집으로 돌아왔는데.

집에 노태운이 와 있었다.

이 양반은 또 왜 온 걸까?

오늘은 하루가 너~~~무 길다.

◇ ◆ ◇

강남경찰서 형사계.

쾅

돌아오자마자 결재판을 책상에 던지는 반장에 조서 꾸미던 몇몇이 고개를 빼꼼 쳐다봤다.

"뭐라 그래요? 실적 때문에? 아침부터 서장실에 끌려가더니 욕을 바가지로 얻어먹은 모양이네."

"아, 씨벌, 더러워서 못 해 먹겠네."

자리에 앉자마자 담배부터 입에 무는 반장 곁으로 세 사람이 모여들었다.

"왜요?"

"무슨 일 있어요?"

"아, 몰라. 더러워서."

짜증 내는 낌새가 심상치 않은지라 두 사람은 얼른 자리로 돌아갔고 한 사람만 붙어 계속 물어 댔다.

"얘기를 해 줘야 알아주죠. 오자마자 짜증부터 내면 누가 어떻게 우리 반장님 마음을 알아줍니까?"

"아, 몰라. 서장이 우리더러 전담 마크하라잖아."

"전담 마크요? 누구요?"

"몰라. 어떤 애새끼래. 일곱 살 먹었다나 뭐라나."

"애새끼? 어떤 애새낀데 우리더러 전담 마크하래요? 어디 대통령의 숨겨 둔 자식이라도 된대요?"

"나참, 엿 같아서. 그러니까 더 열 받지. 그거면 오케이 감사합니다. 받아야지. 내가 이 지랄을 떨겠냐? 그냥 애새끼래."

"그냥 애새끼를 우리가 왜 마크하는데요?"

"몰라. 눈치 보니까 서장도 위에서 까라서 까는 것 같더라고. 뭔지도 모르고 잔말 말고 무조건 하라는데 일은 미어터지고 이거 어떻게 하냐."

"저 위, 졸라 높은 곳에서 내리꽂은 거면 방법이 없잖아요. 혹시 다른 사연이 있을 수도 있고. 잘하면 좋은 거 아니에요?"

"이 씨벌너미 오늘따라 왜 이렇게 엉겨 붙…… 오냐 말 잘했다. 니가 할래?"

"제가 왜요?"

"좋다며?"

"제가 언제요. 그냥 그럴 수도 있는 거 아니냐는 건데."

"그냥 니가 해 인마. 출근도 하지 말고 애새끼 개인 경호나 하라는데."

"안 해요. 미쳤어요? 내가 이 나이에 보모나 하게."

"그럼 내가 하리?"

"근데 온종일 걔만 쫓아다니는 거예요?"

"그렇다잖아. 우리가 지금 애 기저귀 갈아 주게 생겼다고 자식아. 아휴~ 옆에서 형사계 반장 새끼가 쪼개는데 아주 죽통을 날려 버리려다 말았다. 나 원 쪽팔려서."

"혹시 그럼 우리 찍힌 거예요?"

"그럼 이게 축복이겠냐? 우리 졸라 찍혔다고. 애가 오늘따라 왜 이렇게 느려. 오늘 안에 누구 하나 골로 보내야 한다고. 모르겠어? 아휴~ 맨날 받아 처먹을 생각만 말고 대가리 좀 굴리고 살아라. 목 위에 있는 건 장식이냐? 개인 경호가 평생 가겠냐? 여기저기 사건 터져 정신없는데 애새끼 경호하라고 보내는 게 호의겠어? 우리 중 하나를 슥 보내려는 거 아냐. 집으로. 잘돼도 최소 전출이라고."

"으으으, 안 돼. 난 절대 싫어요. 내가 여기까지 어떻게 올라왔는데."

"네가 싫다고 하면 끝이냐? 우리 반을 콕 집었는데. 누구하나 안 나가면 다 나가리 되는 거야. 씨벌 밥탱이 새끼야."

말이 끝나기 무섭게 앉아 있던 모두가 싫다고 소릴 질렀다.

"나도 싫어요. 난 원래 애새끼를 싫어하는 사람이라고요."

"난 태생부터가 애를 싫어하는 종자라고요."

"웃기지 마. 내가 더 애새끼를 싫어해."

"미리 말해 둡니다. 나 그거 시키면 그 애새끼 발로 찹니다. 다 같이 죽는 겁니다."

"발로만 찰까. 나는 죽탱이를 날려서 아주 학을 떼게 해 줄 테니까."

"난 하루라도 애새끼 안 때리면 잠이 안 온다고."

하는 짓을 물끄러미 지켜보던 반장은 '이런 양아치 새끼들' 이라며 또 실실 쪼갰다.

"시끄러, 새끼들아. 누가 너희 시킨대? 하여튼 좋은 것만 처먹으려고 지랄들은. 의리라고는 쥐꼬리만도 없어요. 씨벌, 어디 누구 총대 매는 놈이 하나 없냐. 내가 이런 것들을 데리고 뭘 한다고."

"누구 시킬 건데요? 난 집에 여우 같은 마누라도 있고 토끼 같은 애새끼도……."

"너 하루라도 애새끼 안 때리면 잠이 안 온다며?"

"남의 애새끼요."

"이게 경찰인지 깡패 새낀지. 시끄러 개스키야. 내가 너 같은 놈에게 일 맡길까. 저리 꺼져."

"감사합니다. 반장님 복 받으실 거예요."

"다들 조용하고. 안 그래도 시킬 놈은 따로 있다."

"누군데요?"

"마침 오네. 저시키 있잖아. 저 미꾸라지 같은 놈."

세면했는지 수건 들고 들어오는 한 사람을 지목했다.

"더럽게 물 흐리는 놈."

반장은 놈의 그림자만 봐도 허파가 뒤집힐 것 같았다.

몇 달 전, 수사과장이 받으라고 받으라고 제발 좀 받아 달라고 지랄을 해 대서 받았건만 고문관도 이런 고문관이 없다.

성인군자 나셨다.

안 되는 게 뭐가 그리 많은지.

이 생활하다 보면 기름칠은 운명이고 떡값은 통과 의례고 뒷구녕은 사회 정의 구현을 위한 작은 약속이나 마찬가지였다.

구역을 돌며 자잘한 것들한테 현황도 듣고 월대 같은 것도 걷어야 행정계니 인사계니 돌며 사바사바도 하고 품위 유지도 하고 다 그런 건데.

놈이 오고부터는 아무것도 할 수 없었다. 벌써 몇 달째 빈 주머니. 그 돈이 다 얼마인가.

경찰서마다 각기 내려오는 전통이 있고 구성원들은 그것을 보호하고 유지할 의무가 있었다.

이 호랑 말코 같은 놈은 도무지 말이 통하지 않았다. 조금만 삐끗해도 뇌물이니 뭐니 지랄이나 해 대고.

이후 행정 처리가 얼마나 느려졌는지만 생각하면,

히죽히죽 쪼개며 지나가는 다른 반들만 생각하면,

반장은 가뜩이나 모자란 머리가 더 빠지는 것 같았다.

싸가지 없는 놈. 악랄한 놈.

오늘따라 서울청으로 영전한 선배의 말이 왜 이다지도 사무칠까.

솔직히 그때는 이해 못 했다. 놈의 무서움을.

우리의 주적은 북괴도 아니고 범죄자도 아니고 바로 FM이다.

으아아아아악, 개자식.

"어때?"

"기깔나는 판단력이신데요."

"이참에 업무 분장에서도 빼 버릴 생각인데."

"한 방에 날리시려는 거군요. 가히 제갈공명급이십니다. 아, 우리야 처리해서 좋긴 한데 좀 껄끄럽지 않을까요? 그래도 경찰 대학 출신이잖아요."

"놔둬. 내가 알아봤는데 거기에서도 개지랄이었댄다. 선배들한테 바락바락 대들기도 하고. 말끝마다 FM이라 다 싫어한대."

"우와~ 우리한테만 그러는 줄 알았더니 쩐 철인 28호구만."

"철인 28호는 무슨. 세상에 지 혼자만 사는 등신 새끼지. 저러니 임관한 지 몇 년 되지도 않아 승진도 아니고 강등이나 당하고. 저번 일도 누구 도와주는 놈이 없었잖아."

"하긴 생각보다 징계가 크긴 했어요. 여기저기 인사 좀 다니면 은근슬쩍 깔아뭉갤 수도 있었을 것 같았는데."

"그러니까 인마. 봉투 들고 언능 오라는 데도 뻗대니까 괘씸죄로 징계 수위가 높아지지."

"인생이 괴롭네요. 아니, 차라리 잘됐잖아요. 떨어져 있으면 저놈도 좋은 거 아니에요? 우리가 도와주죠."

"그렇지? 우린 내보내는 게 아니라 환기 좀 하라고 기회를 주는 거다."

"암요. 누가 들으면 오해하겠어요. 우린 동료를 아끼는 차원에서 기회를 주는 거죠. 밖이 어떤지 처절히 겪어 보라고요."

"옳지. FM이니까 명령도 FM으로 받을 거 아냐. 오케이. 그러면 되겠네. 빨리 저 새끼 내보내고 간만에 시찰이나 나가자. 목도 칼칼한데."

"미뤄 놨던 수금도 개시하고요?"

"그걸 꼭 주둥이로 꺼내야겠냐? 자식아."

"오늘 달리는 거죠?"

"씨벌, 모처럼 해 떴는데 그럼 그냥 지나가리? 다 뒈지는 거야. 오늘은 다 잠복근무다. 집에 알려. 알았어?"

"넵, 충성!"

◇ ◆ ◇

새 아침을 맞아 조형만이랑 나오는데 웬 경찰 정복을 입은 사람이 입구에 서서 우릴 막아섰다.

다부진 몸매에 사각 턱의, 단단한 인상의 남자였다.

"누구……세요?"

"저는 내일부터 장대운 군의 경호를 맡은 강남서 강력반 강희철 경사입니다."

"네?"

What do you mean?

"다시 말씀드리겠습니다. 내일 자, 그러니까 1983년 6월 29일부로 장대운 군을 지근거리에서 경호할 것을 명받았습니다. 오늘은 인사차 들른 겁니다."

뭔 개소리야?

"아⋯⋯."

순간 어제 찾아온 노태운의 얼굴이 떠올랐다.

쪼르르 달려가 이른 신 비서와 그걸 듣고 또 쪼르르 달려온 노태운.

괜찮냐는 소리를 수십 번 듣고서야 겨우 보냈는데.

'이게 기대하라던 선물인가.'

7월 1일 자로 서울 올림픽 조직위원장으로 내정된 노태운이 자리에서 내려오기 전 저지른 마지막 발악.

때마침 내가 처맞은 걸 들켰고 의미심장한 미소를 띠며 돌아가더니 결국 일을 저지른 모양이다.

'하여튼⋯⋯.'

골 때리는 세상이었다.

현직 경찰이 개인 경호로 발령 나다니.

"⋯⋯."

나에게 씨익 미소 지으며 돌아가는 강희철을 보는데 이걸 또 어떻게 받아들여야 하나 고민이 됐다.

감시인 같기도 하고.

"대운아, 이게 뭐냐?"

"장관님이 보내신 것 같아요."

"장관님이? 저 사람을?"

"예."

"그럼 앞으로 저 사람이랑 같이 다녀야 한다는 거야?"

"아무래도 그런 것 같은데…… . 벌써 머리 아프네요."

"이게 좋은 거야? 안 좋은 거야?"

"좋겠어요? 일단 아저씨는 안전벨트부터 잘 매셔야 하잖아요. 범칙금 끊을 수도 있고."

"아! 그러네. 더럽게 귀찮아지는 거네."

상황을 인식했는지 조형만이 미간을 찌푸렸다.

이뿐인가.

애로사항은 한둘이 아니었다.

죄가 없음에도 경찰을 만나면 괜히 움츠러들고 피하는 이유가 뭘까?

불편해서였다.

대충 넘어갈 수 있는 일도 눈치 봐야 하니까.

일본강점기를 겪어 본 할머니 중에서는 아직까지도 경찰을 순사라 부르는 분도 계셨다.

조형만은 귀찮다 말했지만 귀찮은 정도가 아니었다. 경찰이랑 같이 다닌다는 의미는 앞으로 하는 모든 일에서 그를 의식해야 한다는 뜻과 같았으니.

주취자들에게 시달리고, 동네 호구 짓에, 싸움 말리는 게 장기인 21세기 만만디 경찰을 보아 온 눈으로도 벌써 숨이 막히는데 이 시대 사람들은 어떨까.

아마도 다들 날 피할 것 같았다. 의도적인 왕따가 되는 게 아닌지.

"잘 풀린다 잘 풀린다 했더니 우환이 쌍으로 덮치네요."

"어떡하냐?"

"뭘 어떡해요. 그냥 가는 거죠. 장관님이 시킨 건데 거절할 수 있으세요?"

"……아니."

"어서 가죠. 당분간은 조심히 살아야겠네요. 딱지 안 끊게."

어쩌면 조형만한테는 잘된 일일 수도 있었다.

이 양반 운전 습관이 아주 거칠다. 과속에 신호 위반은 취미고 운전하면서 담배는 어찌나 피워 대는지.

자유의 마지막을 암시하듯 봉고차는 힘차게 달렸고 금세 작업실에 도착했다.

이쪽 분위기는 좋았다.

어제 술자리가 계기가 돼서인지 조형만은 잘 섞여 들어갔다.

나도 이제야 드디어 세계 가요계를 씹어 먹을 대망의 오필승 엔터테인먼트 포트폴리오를 발표하나 싶었다.

여러 일을 겪으며 한층 더 악랄해진 버전 2.0으로 말이다.

하지만 채 한마디도 떼기 전에 지군레코드 사장이 들이닥

쳤다.

무슨 일인가 물어보려는데.

"이 고문의 말도 있고 내가 집에서 곰곰이 생각해 봤거든."

"예."

"아무리 생각해 봐도 내가 가지고 있어 봤자 소용이 없는 거야. 용길이 빠진 앨범은 아무것도 아니니까. 그래서 말인데."

"……."

"이거 다 줄게."

"예?"

"싹 가져가라고. 도움받은 것도 있는데 나는 해 준 게 없더라고. 땅도 시세대로 쳐준다 그리고 독점 계약도 10년씩이나 맺어 주고. 사람이 그래도 염치가 있지."

어떤 서류를 넘겨주는 것이었다.

살펴보니 1집에서 아직 발표되지 않은 5집까지에 대한 권리 양도서였다.

깜짝 놀랐다.

이 사람이 진짜 개과천선했나?

"받아 둬. 줄 수 있는 게 그것밖에 없다."

멋을 부린다.

"하지만……."

"이것만큼은 받아. 내가 아무리 수전노라지만 뭐가 어떻게 돌아가는 건지는 안다고. 어차피 나한테는 필요 없는 거

아냐. 갖고 있어 봤자 속만 끓이는 거 네가 가지고 잘 만들어
봐. 5집도 내야 할 거 아냐. 우리한테 일 달라고 말하는 거라
고. 해 줄 거지?"

"그야……."

"에이에이에이, 또 딴소리하려고 한다. 그럼 그런 줄 알고
갈게."

얼른 나가 버리는 지군레코드 사장 때문에라도 난 또 이학
주 사무실부터 가야 했다.

"이것 보세요. 이걸 주고 가 버리네요."

"어! 권리 양도서잖아. 이거 도장만 찍으면 다 되게끔 해
놨네. 대박인데."

"그렇네요."

"어제 신나게 달리더니 약발 좀 받았나 봐. 이 양반도 은근
화끈하네."

"글쎄 말이에요. 왜 이러는지 모르겠네요."

"어떻게 할 거야?"

"5집에 대한 권리는 환영이긴 한데."

"받아 둬. 나중에 이것 때문에 말이 나오더라도 지군레코
드와 맺은 계약이 알려지면 입도 못 뗄 거야. 그래도 사업자
간 공짜로 오가는 건 안 되니 100만 원 적어 놓을게. 100만 원
만 통장에 쏴 주면 깨끗해질 거야."

듣고 보니 이학주 말이 옳았다.

어쨌든 공짜만 아니면 되는 거 아니겠나.

그 길로 이학주랑 주거래 은행으로 가 100만 원을 샀다.

바로 섭섭하다고 전화 왔는데 이건 나도 할 말이 있었다.

"기분이에요. 기분. 조용길 앨범 다섯 장을 어느 누가 100만 원에 살 수 있어요. 그냥 제가 드리는 용돈이라고 생각하시고 받아 주셨으면 좋겠어요. 계약서는 수정했으니 내일 오셔서 도장 한 번만 찍어 주세요. 식사도 같이하시자고요. 이렇게 자주 만나는 게 더 좋지 않으세요?"

약속 아닌 약속을 잡고 작업실에 돌아왔더니 조용길과 위대한 탄생과 유재한, 조형만이 도란도란 이야기하고 있었다. 이학주는 알아서 아무 자리에 앉았다.

"일단 용길이 아저씨 앨범 전체를 우리가 인수하기로 했어요."

"그래? 그거 잘됐다. 그럼 우리 곡도 묻히지 않아도 되는 거지?"

이호진이었다.

저작권 분쟁 때문에 속 많이 끓었을 것이다.

"그럼요. 우리 쪽으로 온 이상 작곡 계약도 저번에 계약한 대로 갈 거예요."

"뭐야? 정말 매출의 15%를 줄 거야?"

"당연하죠."

수익 배분에 대한 나의 신념은 확고했다.

작곡가 15%, 작사가 5%, 편곡이 있다면 작곡가의 15%에서 5%를 떼어 준다. 20% 선에서 창작 관련한 모든 활동을 인정한다는 게 입장이었다.

나중에야 실연자니 뭐니 저작권 개념이 복잡해지긴 하는데 그런 개념은 아예 넣지 않았다.

일단은 간단하게.

재방송이 많아지며 일이 생기면 그때 또 다루면 되고 지금은 창작자의 권리를 고정하는 게 최선이었다.

대신 전속 가수 계약은 좀 달랐다.

가수와의 수익 배분은 창작자의 수익 배분과는 달리 영업 이익에서 나누었다. 이것은 순수 음원 수익 외 행사 수익이 연계된 터라 어쩔 수 없었는데 3:7이든 4:6이든 비용을 제한 금액에서 나누는 것으로 로열티는 없었다.

예를 들어, 조용길 앨범 한 장이 판매된다면, 공급가 3000원에서 창작자를 위한 20% 600원을 제하고 남은 2400원이 영업 이익이다. 여기에서 기타 인건비, 고정비에 조용길 활동비를 제하면 회사 순이익이 되는데.

앨범이 많이 팔릴수록 수익이 늘어나는 구조라 서로에게 윈윈이었다.

물론 손익 분기점을 넘기지 못하면 회사는 큰 손해를 지게 된다. 당연히 이 부분에 대해선 다른 방법이 없었다. 투자자의 리스크가 바로 여기에서 발생되니.

참고로 오필승 엔터테인먼트가 맺은 조용길과의 수익 배

분율은 8:2였다.

히트가 확실시되는 가수라도 이렇게 맺은 이유는 회사가 워낙 영세한 것도 있고 조용길이 오필승에 15%에 달하는 지분이 있기 때문이었다. 다른 가수들은 차차 다른 비율로 계약할 것이다.

그래서 지군레코드 사장이 넘겨준 1집에서 5집에 대한 권리는 우리에겐 넝쿨째 굴러온 복이나 다름없었다.

특히 5집은 녹음까지 싹 마친 상태라.

들어갈 비용이 없었다.

"빚을 졌네요."

"나름대로 성의를 표한 거다."

"여의도 땅 건도 있고 도움을 줘야겠어요."

"대운아, 굳이 그렇게까지 해 줄 필요 있어?"

조용길이 갸웃댔다. 아직 마음을 열지 못한 모양.

그러나 사업은 또 사업이다.

"이 업계는 빚지면 안 되잖아요. 그리고 우린 한 번 필 받으면 열 개를 줘야 직성이 풀리는 사람인지라 방법이 없어요."

"……네가 그렇다면 그런 거겠지."

"이참에 절대 딴생각 못 하게 만들어 줘야겠어요."

"뭐로?"

"돈 벌게 해 주면 되죠. 자자, 다들 모이세요. 그동안 지루하게 끌어왔던 포트폴리오 발표 시간을 가질게요."

자세를 잡는 아홉의 면면을 보며 나는 왠지 설렘을 느꼈다.

이 사람들이 바로 내 주춧돌이었다.

아무것도 없는 나를 저 높은 하늘까지 올려 줄 반석.

그들에게 고심에 고심을 거듭해 작성한 유인물들을 나눠
줬다.

"오필승 엔터테인먼트. 앞으로 줄여서 오필승이라 부를 우
리의 미래에 대해 설명드리겠습니다. 오필승은 앞으로 크게
두 개 부문으로 나뉘게 될 텐데요. 먼저 가요 부분에서는……."

미루다 미루다 숙성해 쉰내까지 나는 계획이 펼쳐졌다.

가요계의 동향과 시장 상황.

앞으로 일어날 가능성과 여기에서 오필승 엔터테인먼트가
선점할 포지션 등이 쉴 새 없이 흘러나왔다.

그뿐인가.

동안제약과의 컨소시엄과 앨범 작업에 대한 원대한 포부
도 나왔다.

난무하는 경제 용어 속에서 이학주만 고개를 끄덕이고 나
머지는 머리를 붙잡았다.

조용한 가운데 약 30분간의 브리핑이 이어졌다. 멍한 와중
에도 예상 수익이 나올 때는 눈이 휘둥그레졌다.

한낱 음반 회사인 줄 알았는데 유럽이 나오고 거대 기업이
나오고 뭐가 뭔지.

껄껄껄.

하지만 이제 시작이다.

나는 양극화된 이데올로기의 희생자인 이들의 눈에 세계를 심어 주고 싶었다.

"마지막으로 오필승은 대한민국에 안주하지 않고 더 넓은 세상으로 나갈 것입니다. 세계는 넓고 우리가 할 일은 무궁무진합니다. 맞아요. 그중에서도 바로 이곳. 이곳이야말로 우리 오필승의 지향점이 될 것이고 최종 목표가 되겠죠. 앞으로 두고 보십시오. 전 세계인이 바로 우리 오필승을 연호하게 될 겁니다."

북미 대륙에 볼펜을 박았다.

나에게 북미란 최종 보스는 두려움의 대상이 아니라 진귀한 아이템의 보고였다.

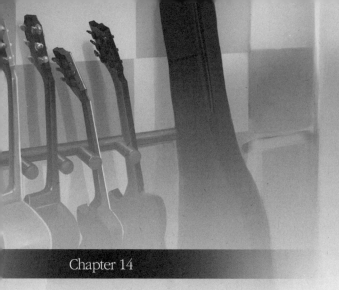

강희철은 무참함에 고개를 들 수 없었다.

청운의 꿈을 안고 경찰 대학에 진학했을 때만 하더라도 사회 정의 구현의 일익을 담당할 수 있을 거라 생각했다.

하지만.

직접 맞닥뜨린 세상은 기대와 너무도 거리가 멀었다.

시도 때도 없는 집합과 집합.

빠따와 빠따.

나중엔 왜 맞는지조차 기억나지 않았다.

고작 1, 2년 차이의 연배가 무엇이 그토록 대단한 것인지.

사소한 꼬투리조차 어느새 벌벌 떠는 스스로를 느끼며 자괴

감이 일었다.

이해할 수 없었다.

무릇 경찰이란 민중을 위해 살아야 하는 큰마음이 아닌가.

그것을 위해 스스로 도야하고 갈고닦는 게 분명할진대 신성한 교정은 어디로 갔는지 끼리끼리 파벌이 판치고 학년 계급은 또 웬 말인가. 어째서 교관들은 이를 못 본 체하고 교수들은 묵인하고 지나갈까.

그래서 판단 내렸다.

이것들은 경찰을 죽이는 좀이다. 어느 조직에나 위세를 빌어 권력을 누리려는 자가 있듯 이놈들도 그런 쓰레기들이라 정의했다.

정식으로 교수 회의에 상신했고 결과를 기다렸다.

하지만 돌아온 건 배신자라는 꼬리표와 꼰지르기나 하는 비열한 놈이라는 손가락질이었다.

증인 보호는 어디에도 없었고 교수회의는 아무런 일조차 하지 않았다.

그래서 경찰 대학 총장실에 올렸다. 그러자 괴롭힘이 어느새 룸메이트에게까지 번지고 그들마저 원성이 자자해졌다.

그랬다. 이번에도 아무런 조치가 없었다.

할 수 없이 더 높은 곳에 올렸다. 이래도 안 되면 청와대에 올리겠다 선언하자 그제야 교수 한 사람이 찾아왔다. 제발 좀 가만히 있으라고. 네가 뭔데 세상을 바꾸려 하냐고.

그게 계기가 됐는지 표면적인 집합은 사라졌다. 대신 뒷담화가, 따돌림이 극성을 부렸다.

저 새끼는 분명 지방 어느 산골짜기로 발령 날 거라는 소리를 늘상 들었는데 모두의 예상과는 달리 서울의 중심 강남서로 발령받았다.

그제야 정의가 되살아났나 싶었는데.

하지만.

가장 선진화됐다는 강남서 또한 별반 다르지 않았다. 오히려 더 교묘하게 궁창 또한 더 깊었다.

조서 꾸리다 말고 주먹질에, 죄목 흥정에, 갈취는 당연하다는 듯 일어났고 주변 유흥업소로부터 정기적으로 상납까지 받았다.

이게 깡패인지 경찰인지…….

국민을 지켜야 할 경찰이 오히려 더 앞장서서 국민을 괴롭힌다는 게 기가 막혔다.

절대 안 된다고 몇 번 막는 순간 상종 못 할 인간이 되었고 결국 여기까지 쫓겨왔다.

더러웠다. 경찰 대학은 정말 아무것도 아니었음을…… 진정 몰랐다.

"관둬야 하나?"

관두라고 보낸 게 틀림없었다.

포장은 그럴싸하게 냈다지만 바보라도 알 것이다.

아니, 무사히 마치고 돌아간들 어린이 경호나 한 자신에게 돌아올 영광이 있을까. 오히려 보이지 않는 곳에서 비웃고 아마도 지금쯤이라면 책상마저 치워져 있을 것이다.

"……."

요즘 들어 아버지의 뒤를 이어 훌륭한 경찰이 되겠다고 한 맹세를 끝까지 지킬 수 있을지 자신이 없었다.

"늦었네요. 첫날부터 지각이라. 하기 싫은 건가요?"

"응?"

아파트 동라인으로 걸어가는데 들려온 목소리였다.

그 꼬마였다. 경호 대상.

"5분이나 기다렸잖아요. 정시 출근 몰라요? 아니, 적어도 경호를 하시겠다면 그보다는 최소 1시간은 빨리 왔어야죠. 본래대로라면 기다리지 않고 출발했을 텐데 오늘 오는 걸 알아서 참은 거예요."

"……."

맹랑한 꼬마였다.

"차는 어딨어요?"

"어? 저, 저기."

"오호, 저 차예요?"

"그래."

"경찰 생활은 몇 년 하셨어요?"

"4년이다."

"요새 공무원 월급이 많이 올랐나? 어떻게 4년 만에 차를
사지?"

······.

"아니, 그게······. 나도 원래 돈이 있는 사람이고 경찰은 할
인가로 살 수 있어서."

왜 이걸 하나하나 설명하는지 모르겠지만, 말을 하면서도
강희철은 이상하게 눌리는 기분이 들었다.

아래위로 훑는 눈길이 은근 매서운 것 같기도 하고.

이해할 수 없는 꼬마였다.

"알았어요. 뭐 그렇게 중요한 일은 아니니까. 어서 출발하
죠. 제대로 하실 생각이면 다음부턴 늦지 마세요."

"알았다. 미안하다."

"뭘요. 하고 싶어서 오신 건 아니잖아요. 그래도 이왕 오셨
으면 하실 때까진 성실해 주셨으면 좋겠다는 말씀이에요."

"알았다."

이거 원······.

헌데 차를 타자마자 아이는 자연스럽게 길 안내부터 했다.

"초행길이니까 오늘은 제가 안내할게요. 저도 서울 토박이
가 아니라서 이곳을 잘 모르긴 한데. 거의 회사만 왔다 갔다 하
니까 길 정돈 알아요. 이게 아저씨도 운전하기 편하실 거예요."

"어, 그래."

근데 웬 회사?

"알았다. 이대로 출발하면 되지?"

"네, 직진하시고요. 저 앞에서 우회전, 저 신호등 건너자마자 좌회전이에요. 그리고 당분간 직진…… 저기 저 건물 보이시죠? 저기 모퉁이로 들어가야 해요. 네네, 운전이 스무스하시네요. 오케이, 다 왔어요. 여기에요."

안내가 너무 능숙해 어려움은 느낄 새도 없었다.

꼬마 놈이 신통하네란 생각을 하고 있는데.

안에서 사람이 하나 나왔다.

"여기에다 차 대면 안 돼요. ……어! 대운아. 이 차는 뭐야? 조 실장은 어디 가고?"

"조 실장님은 미션을 받아서 아침 일찍 나가셨어요. 이분은 앞으로 제 경호를 맡아 주실 강남서 강력계 강희철 경사세요."

"경찰?"

스윽 쳐다보는데 강희철은 일단 인사부터 했다.

"안녕하십니까. 강희철입니다."

"아, 네. 저는 유재한입니다. 어서 오십시오."

"앞으로 제가 장대운 군의 경호를 맡게 됐습니다."

말을 뱉고 나니 더는 어쩔 수 없겠다는 느낌을 받았다.

이제 죽으나 사나 경호 일을 하게 될 모양이다.

"그러시군요. 어서 들어가시죠."

유재한의 안내로 내부에 들어갔다.

주변 지형지물을 살피며 들어가던 강희철은 마주 오는 사람을 보고 깜짝 놀라 걸음을 멈췄다.

조용길이었다.

가수 조용길.

제일 좋아하는 가수.

그가 유재한에게 자초지종을 듣고는 다가와 손 내밀었다.

"대운이 경호를 맡으셨다고요?"

"아, 아네."

"경호라. 놓치고 있는 부분이었는데 아주 잘됐네요. 잘 부탁드립니다. 대운이는 반드시 보호해야 하거든요."

"예, 당연히 지켜야…… 하죠."

뉘앙스가 이상했지만 대충 이해했다.

어린이를 잘 자랄 수 있게 해 주는 건 어른의 의무니까.

옳은 길로 인도하고 좋은 것을 보게 하고 큰 꿈을 키우게 하는 것 즉 그 길을 잘 갈 수 있게 지켜달라는 부탁이고 그것이 또 이 시대가 내준 어른들의 숙제니까 라고 받아들였다.

하지만 시간이 갈수록 이상한 광경이 자꾸 눈에 들어왔다.

자리에 있는 어른만 일곱인데 모두 어린이의 말을 경청하고 아무 이의 없이 따랐다. 이리 가라면 이리 가고 저리 가라면 저리 간다.

저 조용길조차 일절 반론이 없었다. 근데 오필승은 또 뭐지?

궁금함을 참지 못해 바쁘게 움직이는 유재한을 잡았다. 최대한 공손하게.

"지금 무엇을 하시는 건가요?"

대답은 않고 멀뚱히 쳐다본다.

질문의 뜻이 뭔지 모르겠다는 듯.

그러다 고개를 끄덕였다.

"아아~ 모르시는구나. 여기 뭐 하는지. 아무것도 모르고 오셨어요?"

"아, 아네. 맞습니다. 오늘 자로 발령받아 바로 온 거라 정보가 부족합니다. 사실 어제 준비했어야 했는데 고민이 많아서. 다 제 불찰입니다."

"모를 수도 있죠. 원래 이 바닥이, 이 바닥 사람이 아니면 봐도 잘 몰라요."

묘하게 핀트가 어긋나는 대화이나 강희철은 굳이 그걸 지적하지 않았다. 다음에 나온 말에 그의 뒤통수가 얼얼했기 때문이었다.

"조용길 5집 최종 확인 작업하고 있어요. 대운이가 프로듀싱을 해 줘서."

"예?!"

"너무 놀라시네. 설마 대운이에 대해서도 모르시는 거예요?"

"아아, 그건…… 저…… 죄송합니다. 제가 근래 마음이 복잡해서 아무것도 준비 못 했습니다."

낯부끄러웠다. 이런 실수를.

경호 대상에 대해 하나도 모르면서 누굴 경호하겠다는지.

다시 생각해도 큰 실책이었다.

원치 않았고 일방적인 발령이었다고는 하나 하루면 조사할 시간은 충분했고 최소한 어떤 인물인지는 파악하고 왔어야 옳았다. 술만 진탕 마시는 게 아니라.

아무도 없다면 뺨이라도 날리고 싶었다.

하지만 유재한은 손사래를 쳤다.

"아니에요. 아니에요. 뭐라 하는 게 아니고요. 이런 건 차차 알아 가면 되는 건데 지나치게 자책하실 필요 없어요."

"그래도 이건 아닙니다. 오늘 일은 분명 저의 오만이 낳은 결과입니다. 명백한 징계감이죠."

"아이고, 괜찮다니까 자꾸 그러시네."

"아닙니다. 본사에 상신해서 징계 절차를 밟겠습니다. 이후 절대로 이런 일이 벌어지지 않게 하겠습니다."

"아니, 무슨……."

"왜들 그래요?"

"대운아, 잘 왔다. 글쎄 이 양반이……."

미주알고주알.

다 맞는 얘기라 잠자코 있었는데.

꼬마는 피식 웃기만 했다.

"뭐예요? 별것도 아닌 일이잖아요. 난 또 간첩이라도 내려왔다고. 모를 수도 있는 거 아니에요?"

"그치?"

"아저씨도 좀 그만 하세요. 여기 분위기 익히기도 바쁠 텐데 무슨 징계예요. 농담하지 마시고 일이나 도와주세요."

"아니다. 이건 업무 소홀이 맞다. 징계 사유다."

"옴마나, 지금 그 말씀 진심이세요?"

"그렇다."

그 순간 꼬마가 거북이처럼 고개를 쑤욱 내밀며 유심히 쳐다보는 것이었다.

그러고는 또 고개를 끄덕였다.

"진심이 분명하네요."

"맞다. 오늘 일은 반드시……."

"하지만 전 그 진심이란 게 얼마나 부질없는 것인 줄도 알아요. 내 진심은 이게 아니었다는 말을 두드러기 날만큼 싫어하는 부류니까요."

"으응?"

"진심이란 게 본디 이래요. 도와줄 때도 진심이고 배신할 때도 진심이에요. 하루에도 열두 번씩 변하는 마음처럼 진심이란 것도 똑같아요. 즉 이 세상엔 진심 아닌 게 없어요."

"그게 무슨……?"

"그래서 말과 마음보다 행동이 중요한 건데. 아저씨."

"어, 응."

"이 느낌이 정확하다면 아저씨는 인생을 참 피곤하게 사시는 스타일 같네요. 신념인지 뭔지가 자기 목을 조르는 것도 모르고."

"아니, 그게……."

"우와~ 정말이네. 이 아저씨 막 자학하는 습관도 가졌네. 혼자 몰래 등에다 채찍질한든가. 밤마다 하루를 반성하며 스스로 벌준다든가 하지 않아요?"

뜨끔.

"아, 아니야. 난 정상적인……."

"맞네. 맞어. 처음 볼 때부터 이상하게 외골수 느낌이 있다 했더니. 아저씨, 거기 경찰서에서도 환영 못 받죠? 왕따. 이 지메 맞죠?"

"……."

"혹시 FM인가요?"

"……!"

"이야~ 그 귀한 FM을 여기에서 다 보네. 이제야 알겠어. 아저씨랑 대하면 왜 그렇게 꽉 막힌 기분이 들었는지."

"……."

"너무 심각하게 받아들이지 마세요. 아저씨 잘못은 없으니까. 다 이해해요."

"……."

"흩눈이가 지배하는 세상에 양 눈을 다 가지고 있으니 얼마나 괴롭겠어요. 게다가 웬 이상한 애새끼 경호까지 맡았으니 인생이 허망하셨죠?"

"……!"

"그렇다고 빽이 든든한가? 분위기를 보니 아닌 것 같고……. 4년 차에 경사 직급은 또 뭐죠? 그것도 잘 이해가 안 돼요. 순경에서 시작했으면 체포왕이라도 기껏해야 경장 수준일 텐데. 결국 위에서 떨어진 거죠? 아저씨 혹 경찰대 출신이세요?"

"!!!"

"맞네. 강등당했네. 사고 쳐서."

"사, 사고 친 건…… 아니다. 강도 제압하려다가 놈이 좀 다 쳐서……."

"우와~ 오히려 그게 더 대단한데요. 딱 보니까 강남서에서 이리로 보내며 진짜 좋아했겠어요. 눈엣가시 같은 고문관 하나 사라졌으니."

"뭐?!"

"뭘 놀래요. 경찰대 출신이 강도 좀 때려잡은 거로 강등당할 정도면 말 다한 거지."

"……."

너무도 뼈아픈 말에 강희철은 고개가 절로 숙여졌다.

그도 이미 알고 있었다. 몸담은 조직이 자신을 배척하고 있음을.

"그래서 관두시려고요?"

"……."

"표정을 보니 그런 생각도 하셨네요. 아저씨는 정말 사랑

받고 싶으셨나 봐요."

"……?"

"그 표정은 또 뭐예요? 뭘 바란 거예요? 조직 내 인정? 아
님, 사회 정의 구현? 사실 둘 다 쉽잖아요. 조직 내 인정이라
면 조직이 좋아할 일만 하면 되는 거고. 그게 안 맞는 걸 보니
아저씨는 사회정의 쪽인 것 같은데. 아니에요?"

"……맞다."

"뭐, 컨셉은 확실하네요. 연예인 안 할 거면 굳이 인기에 목
매달 필요 있나요? 자기 갈 길 가면 되는 거잖아요. 원래 인생
이 자기 살길 알아서 사는 거 아닌가? 헌데 이 아저씨는 그것
도 못 되네. 사회 정의마저도 신통치 않아요."

"아니야! 난 정말 최선을 다하려고 했어!"

"뭐가 아니에요? 그랬다면 뉴스고 신문이고 온통 강남서를
헤집어 놨겠죠. 여기 어디에 부패에 대한 기사가 있어요? 아
저씨가 진짜배기였으면 저 강남서가 평화로웠을까요? 진즉
폭파됐겠죠."

"!!!"

"아저씨도 살살 봐준 거 맞잖아요. FM인 척 은근슬쩍 AM
으로 살아온 거 아니에요?"

"……."

정신이 없었다. 강희철은 뭐가 뭔지 이게 일이 어떻게 돌
아가는지 도저히 감을 잡을 수가 없었다.

꼬마가 한 발 더 다가왔다.

단지 한 발 더 왔을 뿐인데 꼬마는 어느새 3m 거인이 돼 있었다.

"그렇다고 해도 최소한 한 놈은 조졌어야죠. 강남서가 발칵 뒤집히게. 그럼 내부 고발자라고 욕은 먹어도 쫓겨나는 꼴은 안 당했겠죠. 어딜 봐도 패배자잖아요."

"……!"

"나는 경찰이 다 썩었다고는 생각 안 해요. 분명 어딘가에 의기를 품은 사람들이 있을 거예요. 개작살 내놓고 그 사람들에게 내가! 이런 사람이 아직 여기 있다! 알렸어야죠. 남들 뒷돈 챙길 때 이빨도 안 들어가는 사람이 여기 있다고. 어설펐잖아요. 세상에 제일 바보 같은 게 어설픈 거예요. 몰라요?"

"……."

"근데 한 번 저지르면 달라요. 그것이 두 번 되고 세 번으로 넘어가면 어느새 무서워서 눈도 마주치기 어려워할걸요. 원래 캐릭터라는 게 그래요. 저 사람은 칼이다라고 인식하는 순간 그게 이미지가 되는 거죠. 그러면 어디선가 동아줄이 내려올 거예요. 더 이상 빽 없는 설움은 느낄 필요가 없다는 거죠. 이런 것도 원래 끼리끼리 모일 테니까."

"!!!"

"어때요? 이래도 아저씨의 기회가 사라진 것 같아요?"

◇ ◆ ◇

이런 기분 처음이야란 표정으로 얼이 빠진 강희철을 두고 난 다시 합주실로 들어갔다.

일하는 동안 어디 가서 쉬고 있으라 알려 줄 요량으로 나갔다가 본의 아니게 참견하게 됐지만, 사람이 마음에 드니 하나도 수고롭지 않았다.

하지만 그리 좋은 흐름은 아니었다.

보통 저런 사람들은 어느 조직이든 오래 버티지 못한다. 대세에 역행하기 때문인데 알겠지만 독고다이가 그랬다.

다구리는 만고의 진리이고 거대한 맘모스도 한낱 인간의 손에 죽는 판에 용가리 통뼈도 아니고 무슨 수로 버틸까. 그 강한 슈퍼맨도 루이스 레인의 사랑이 없었다면 멘탈 케어 자체가 안 됐고 시대를 풍미한 시라소니도 그렇고 조직 사회에서 혼자라는 것은 늘 끝이 좋지 않았다.

강희철도 같을 것이다. 저러다 곰삭은 파김치처럼 늘어져 쓰러진다든가 중간에 튕겨 나가든가 양단간에 결정을 보게 되겠지.

그래서 캐릭터가 중요했다.

이겨 내면 캐릭터가 되고 캐릭터는 고유 실드가 패시브로 장착돼 있다.

사람마다 생김새가 다 다르듯 중요하다 생각하는 부분도

천차만별인 법이라 캐릭터만 확립되면 그도 곁에 사람이 붙을 테니 더더욱 살기 좋아진다.

선택은 강희철에게 있었다.

10만에 달하는, 콘크리트 같은 경찰 조직은 별의별 사람이 다 있을 테고 가면으로 주변을 속이며 때를 기다리는 몇몇도 분명히 있을 것이다.

존재감을 발휘해 그들의 눈에 띈다면, 그들에게 합류한다면 목숨줄이 늘어나는 거고 거기까지 가지 못한다면 실컷 마모되다가 흔적도 없이 사라지겠지.

혹여나 이런 질문이 있을 수도 있겠다.

안 그래도 부패로 개판 5분 전인 경찰에 그런 사람이 과연 있겠냐고? 너무 미비한 확률에 도전하는 거 아니냐고? 저러다 상처만 입고 스러지는 게 아니냐고.

그럴 수도 있었다. 그래서 강희철의 선택이라 하는 거고.

그래서 가만히 있는다면 어떻게 될까?

강희철 성격상 평생 패배자로 기억 남을 것이다. 해 보지도 못하고 도망쳤으니까.

자기는 누구도 못 속인다.

그러나 숨어 있는 몇몇이 있다면?

멋진 일이 벌어질 것이다. 그 속에서 그들의 노련함을 배운다면 크게 될 테고.

물론 이건 내 바람이었다. 아님 말고.

합주실 문을 닫으며 강희철이 시선에서 사라지듯 난 그에 관한 잔념을 머릿속에서 날려 버렸다. 지금부터는 오로지 조용길에 집중할 때다.

"시작해 볼까요?"

기다렸다는 듯 연주가 시작됐다.

무거운 듯 둔중한 뉴웨이브적인 멜로디가 키보드을 통해 일어 가며 기다렸다는 듯 조용길이 한스러운 음률을 내뱉었다.

'한강'이었다. 5집 수록곡 중 하나이자 훗날 부활의 김태언이 자신에게 가장 지대한 영향력을 끼친 노래로 꼽은 명곡.

"한 굽이 휘이 흐르는 슬픔, 두 굽이 휘이 넘치는 그리움…… 밤이면 밤마다 그리며 아픔을 지웠다오……."

1집의 '한오백년'을 보는 듯한 색채였다. 창가(唱歌)의 느낌도 기묘하게 들고 깊은 울림을 주는 곡조가 전반적으로 흘렀다.

5분 남짓 '한강'이 끝나자 이번엔 전혀 다른 분위기의 곡이 드럼의 통쾌한 두드림과 함께 나왔다. 팝과 댄스가 적절히 가미된 '나는 너 좋아'였다.

"아직 만남은 싫어 싫어 그래도 우리는 만나 만나. 알 수 없는 너의 눈길이 내 마음을 뛰게 하지만…… 남들이 나에게 말하듯 귀여운 미소가 좋다오……."

합주실에도 흥이 올랐다.

가볍고 상쾌하고 사랑스럽고.

하지만 가사가 너무 조심스러웠다. 2020년 감성으로 듣기엔.

차라리 유아틱이라 할 수 있겠는데 듣는 내내 간지러웠다. 이마저도 이때는 충격이긴 하겠지만.

바로 다음 곡으로 넘어갔다.

'황진이'였다.

요트 록 기반의 노래였다. 실제로 배 위에서 많이 듣던 부드러운 형식의 록이라 요트 록이라 부르는데 1970년대 후반부터 많이 나왔다.

기억하는 히트곡이 아닌 만큼 특별함은 없었다. 전체적으로도 '한강'과 비슷한 분위기를 자아냈고.

다음은 '친구여'였다.

개인적으로 조용길 5집에서 제일 좋아하는 곡이었다. 오필승 엔터테인먼트의 이사인 이호진의 곡.

난 개인적으로 이 곡이 바로 한국형 팝의 시초라고 봤다.

뒤이어 '산유화'도 나오고 '비 오는 거리', '이별의 뒤안길', '선구자'도 흘러나왔다.

그렇게 '선구자'의 장엄한 곡조가 작업실에 흐르는 순간 난 뒤통수를 맞은 듯한 착각에 빠졌다. 즉시 연주를 중지시켰다.

"안 되겠어요. 선구자는 빼죠."

"응? 왜?"

"이건 쓰면 안 돼요?"

"그러니까 왜? 이거 엄청 유명한 노래야."

"알아요. 이거 매국노들의 노래란 것도요."

"뭐?!"

모두가 깜짝 놀라 나를 쳐다봤다.

"매국노들이 우리 광복군 때려잡으려고 만든 노래라고요."

"그게 무슨 소리야?! 여기 어디에 그런 내용이 있어?"

"맞아. 이건 애국심이 불타오르는 노래잖아."

"나도 그런 것 같은데. 갑자기 매국노라니 도대체 그런 얘기 어디에서 들었어?"

저항이 강했다.

그럴 만도 했다.

듣다 보면 가슴이 웅장해지는 노래라.

1980년대까지 온 국민의 사랑을 받았고 때마다 학생 운동에 쓰인 민중가요로서 '선구자'는 근대 역사와 함께한 곡이었다. 독립투사들이 만주 벌판을 내달리며 부른 노래라고 다들 알았다.

여기에 함정이 있었다.

바꿔치기된 것.

선구자의 작곡가 조두남은 일제의 징병을 찬양하고 낙토 만주와 오족협화로서 대동아 공영권을 건설하자는 내용의 가요를 보급한 사람이었다.

애초 조국 광복을 위해 일한 적이 없었고 이 곡 또한 다른 사람의 것을 표절했다는 논란이 있었다.

작사가인 윤해영도 문제가 많은 사람이었는데 그가 쓴 '낙토만주'에서도 선구자란 단어가 자주 나왔다. '낙토만주'에서 선구자란 만주국을 위해 일하는 사람을 뜻한다.

이런 곡을 독립투사들이 불렀다는 게 말이 될까?

한때 마징가가 우리나라 응원가로 불렸던 걸 생각하면 지금도 얼굴을 들 수가 없었다. 이 일도 역시 거슬러 올라가다 보면 친일파가 나올 것이다.

얼마나 비웃었을까.

더구나 조용길마저 자기 앨범에 담으려 하였다.

어째서 안 되는지 설명해 줬다. 이러쿵저러쿵 만들어진 배경까지.

"너무도 결정적인 오류가 있어요."

"뭔데?"

"광복군들은 절대로 자신들을 선구자라 부르지 않았을 거예요."

"......?"

"그게 무슨 소리야?"

"선구자란 뜻 자체가 앞서가는 자를 말해요. 조국 광복에 이바지할 생각밖에 없었던 분들이 선구자란 단어를 썼다고요? 뒤가 없는 분들이 선구자가 된다고요? 말이 안 되는 얘기죠. 선구자란 돌아갈 곳이 있는 사람들이 쓰는 말이에요. 새 시대를 연 사람들에게 주는 칭호라고요. 독립군을 잡으러 가는 매국노들에게 너희야말로 위대한 사명이고 진짜 역사라고 파이팅! 해주는 노래라고요."

"……!"

"……!"

"……!"

"……!"

"……!"

"……!"

모두가 아무 말 못 하고 입만 떡 벌렸다.

서글프다기보단 황당하다는 느낌으로.

믿었던 사람에게 배신당해도 저런 표정이 안 나올 것이다.

기다려 줬다.

이들이 정신 차린 건 한참 후였다.

입을 연 건 더 한참 후였다.

"……빼자."

"그래야겠어."

"부끄럽다. 이런 걸 열성을 다해 불렀다니."

"미치겠다. 어디 쥐구멍이라도 숨고 싶다."

"근데 대운아."

"예."

"이거 진짜지?"

"뭘 또 물으세요. 광복군이 선구자란 말을 쓰지 않았다는
걸 아셨잖아요."

"그렇지…… . 근데 하나만 더. 그럼 한 곡이 비는데 어떡하지?"

"그대로 내면 안 돼요?"

"앨범은 10곡이어야잖아."

"꼭 10곡 채워야 해요?"

"그야…… ."

망설이는 폼이 반드시 채우고야 말겠다는 의지가 강했다. 10곡이 아니면 앨범의 완성이 아닌 것 같은 느낌인지 아님, 그사이에 넣고 싶은 곡이 생겼는지.

가만히 고민해 보았다.

놔둘까? 끼어들까?

'놔둘 필요 있나?'

좋은 생각이 들었다.

어차피 페이트 1집은 발표된다. 준비도 끝났고.

이참에 홍보성으로 한 곡 정도 끼어드는 건 어떨까. 7집, 8집도 계속 끼어들 예정이니까.

괜찮은 생각 같았다. 풍파를 겪고 겨우 발매할 앨범에 어설픈 곡을 넣는 건 싫었다.

'그렇다면 무엇이 좋을까?'

좋은 기회인데 가요는 웬만하면 지양하고 싶었다. 팝으로 위대한 곡으로 넣자.

그 순간 무궁무진한 먹거리가 눈앞에 펼쳐졌다.

적당히 시간 간격이 떨어진 놈으로다 시비에서 안전한 것

중에서 무엇이 있을까.

오라! 마침 좋은 것이 하나 있었다.

'이거라면 먹히겠는데. 그나저나 조용길이 이 곡을 부르다니 대단한데.'

"그렇다면 바로 한 곡 쓸까요?"

"엥?"

"쟤 무슨 소리 하는 거야?"

"지금 쓴다고?"

"예, 이게 뭐라고 머뭇대요. 저 때문에 선구자를 날렸잖아요. 잠시만 기다리세요. 바로 한 곡 만들게요."

고민하는 척 멜로디를 읊었다.

"나나나나나 나나? 아니야. 나나나나나 나나나 나나 나나 나나. 이거지. 다음은 나나나나나⋯⋯."

몇 번 수정해 가며 대충 선이 그려지자마자 바로 카세트 플레이어에 공테이프를 넣고 돌렸다.

"나나나나나 나나나나나 나나나 나나 나나나나~."

순식간에 멜로디를 완성하고 피아니스트 이호진을 불렀다.

"이걸 따라서 피아노 쳐 주세요."

"아, 알았어."

이호진이 몇 번 듣더니 간주도 넣고 한층 풍부해진 음률을 쳐내자 다들 입이 떡 벌어졌다. 그사이 난 바로 작사에 돌입했다.

"경계는 우릴 갈라놓고. 나는 조금씩 지쳐 가요. 겨우 듣는 목소리로는 이 타는 고통을 이길 수가 없어요. 당신을 볼 수 없다면 어떻게 영원을 말할 수 있나요…… 어딜 가든지 무얼 하든지 나 여기서 기다릴게요…….”

Richard Marx의 Right Here Waiting이었다.

1989년 1월 발표 후 북미는 물론 전 세계적으로 사랑받았던 곡.

과감히 이 곡을 표절했다. 한층 더 독해진 마음으로. 개사도 조금 하고.

기껏해야 암울한 정서나 담아내던 가요나 내놓으려던 이들에게 차원이 다른 세련미가 등장한 것이다.

당연히 반대는 없었다. 조용길은 물론 위대한 탄생도 만장일치로 이 곡을 싣겠다 외쳤다.

누가 감히 빌보드 차트 1위 먹은 곡을 거부할까.

번안한 제목은 ‘기다릴게요’로 정했다. 가사는 원본에서 조금씩 수정하였으나 대부분 비슷하게 차용.

어차피 피아노 연주가 주인 곡이라 달리 편곡할 필요도 없었고 작업은 금세 마무리되었다.

“사흘 뒤에 녹음할게요.”

이호진도 다듬어야 했고 조용길도 곡의 감성을 소화시킬 시간이 필요했다.

약속하고 겨우 합주실을 나오는데.

시간이 벌써 11시 50분이다.

점심 약속.

"아이고, 늦을 뻔했네."

얼른 나가자 강희철이 한결 개운한 표정으로 따라왔다.

망설임은 1도 없었다.

가타부타 결론 내린 모양.

좋은 흐름이다.

딸랑딸랑

저 현관종의 맑은소리처럼 그의 인생에도 좋은 OST가 흘렀으면 좋겠다.

"선배님, 저 왔어요."

햇살이 환하게 비치는 창 앞 둥둥 떠다니는 먼지 속에서 신문에 파묻힌 이학주가 반사적으로 눈을 빼꼼 내밀었다.

"어, 어 그래."

대답하면서도 눈길은 강희철에게 간다.

강희철도 눈길의 의미를 아는지 바로 인사했다.

"안녕하십니까. 고문님. 강남서 강력계에 있던 강희철 경사입니다. 오늘부터 장대운 군의 경호를 맡게 됐습니다."

"경호요? 경찰이……요?"

"요인 특별 전담입니다. 정식 발령 났고요."

"아아, 그러신가요? 어서 오세요."

"네, 환영해 주셔서 감사합니다."

몇 마디 나누기도 전에 지군레코드 사장이 왔다.

그도 이학주처럼 눈길로 누구냐고 물었고 강희철은 오토 리버스처럼 아까를 반복했다. 그리고 오늘의 주된 용무인 1집부터 4집까지 앨범 권리에 대한 건은 10초도 걸리지 않아 완료됐다. 오자마자 도장부터 쿡.

끝.

바로 일어나 점심 먹으러 갔는데 도착해 보니 삼온가든이라는 고깃집이었다. 압구정에 위치한 한옥 고깃집.

회귀하기 몇 년 전, 한 번 가 볼까 망설이다가 가격 보고 바로 무릎 꿇은 가게라 감회가 아주 새로웠다. 그 아쉬움을 감추고자 괜히 엄한 돼지갈빗집에 1만 원짜리 왕갈비를 뜯으러 갔는데.

지군레코드 사장은 익숙한 듯 메뉴를 시켰고 자랑했다.

"여기 고기가 좋아. 나도 몇 번 왔는데 서비스도 괜찮고 봐봐 전경도 아주 예쁘잖아."

"그러네요. 한옥에서 고기 구우니 더 맛있을 것 같아요."

"그치? 그치? 하하하하하, 많이 먹으라고. 그래야 쑥쑥 크지. 거기 경사님도 많이 드시게. 대운이 좀 잘 보호해 주고, 알았지?"

"예, 알겠습니다."

맛있었다.

고깃결 반대로 총총총 칼집을 내놓은 주인장의 솜씨가 아주 훌륭했다. 사선 칼집은 나중에야 어느 정도 보편화된 기술이라지만, 이때는 이런 식으로 내놓는 집은 거의 없었다.

데려온 사람들이 감탄하며 먹자 뿌듯해진 지군레코드 사

장은 술도 한잔 곁들이며 흥이 오른 김에 묻지도 않은 이야기를 꺼냈다.

"내가 말이지. 평남의 용강 출신이라고. 우리 집이 좀 살아서 연희전문(연세대)에서 상학과도 졸업하고 나름 엘리트였지. 그렇게 인생 좀 피려는데 하필 공산당이 지랄해 대더란 말이야. 1.4 후퇴 때 각 잡고 내려오지 않았으면 꼼짝없이 북괴에 잡혔을 거라고."

"……."

"그 많던 전답, 세간살이를 다 날린 거야. 가진 건 두 손에 든 금쪼가리밖에 없었고."

"……."

"기구하지? 도망쳐서 목숨을 부지하긴 했는데 아무것도 없는 부산 바닥에서 뭘 할 수 있겠어? 설움도 엄~청 겪었지. 사기당해 그나마 있던 금쪼라기도 날리고 그때만 생각하면 자다가도 벌떡 일어나. 허무해서 딱 뒈지려는데 그때 기적과 같이 어떤 음악이 들리더란 말이지. 나나나 나나~ 이런 멜로디야. 순식간에 지나가서 더는 못 들었는데 왠지 구원받는 느낌이었어. 이 엿 같은 세상에도 음악은 살아 있구나 하고. 그래서 내가 일천구백오십사 년 부산에서 세운 게 미로파 레코드라고."

어이구야 라떼였구나.

"……그렇군요."

"그래, 나도 이 바닥에서 30년이라고. 짐작하겠지만 그동

211

안 얼마나 많은 사람을 만났겠어? 좋은 놈, 양아치, 재능 있는 놈, 없는 놈, 재능은 있는데 아무리 해도 안 되는 놈. 별 군상을 다 만나봤다고. 그래서 깨달은 게 뭔지 알아?"

"……?"

"될 놈은 된다는 거야. 시궁창에 처박아도 어떻게든 기어올라온다는 거야."

"……."

"내가 항복한 이유가 궁금하댔지? 맞아. 처음 꺾인 이유야 어찌 됐든 다 알겠지만. 에헴, 나도 내가 성질부린다고 될 일이 안 되지 않는다는 걸 안다고. 어쩔 수가 없는 것도. 사람은 결국 제 생긴 대로 살아가는 거니까."

"그렇긴 하죠."

호응이 아니라 추임새였다.

"널 겪고 나니까 더 확실해지더라고. 앞으로 네가 이 바닥을 쥐고 흔들겠구나 싶더라."

"……."

"대운아, 우리 좀 오래 가자. 솔직히 살려고 붙은 것도 있는데 이젠 궁금하다. 일곱 살에도 이 정도인데 10년, 20년 후에는 어떻게 변할지."

"괴물이 될까요?"

"괴물? 그러네. 딱 좋네. 괴물. 하하하하하, 맞아. 괴물은 못 이길 바엔 옆에 착 붙는 게 최고잖아. 안 그러냐?"

"알았어요. 알았어. 계속 붙어 계시면 살려는 드릴게요."

"뭐?! 살려는 준다고? 하하하하하하, 맞다. 살려만 다오. 그러면 된다. 그러면 나도 불만 없다."

기분 좋게 취한 지군레코드 사장은 또 품에서 지갑을 꺼내더니 만 원짜리를 뭉탱이를 강희철에게 주는 것이었다.

"자, 기분이다. 이거 받고 우리 대운이 좀 잘 챙겨 주소."

"아닙니다. 저에게 이런 거 주시면 안 됩니다."

화들짝 놀란 강희철은 거부했고 그게 심기가 상하는지 지군레코드 사장은 미간이 잔뜩 찌푸렸다.

"이거 왜 이래? 강남서라며. 너희 서장도 내 돈 받아. 이번에 그 씨불 놈이 입을 싹 씻긴 했는데 하여튼 여기저기 기름칠하려면 너도 돈 필요하잖아. 아니야?"

"전 필요 없습니다. 안 주서도 됩니다."

체면치레인 줄 알았는데 생각보다 더 강경하자 지군레코드 사장은 잠시 당황하더니 다시 눈길이 매서워졌다.

"오호라, 너 대운이한테 붙었구나. 하긴 대운이가 밀어주면 총경 자리도 우습겠지. 이딴 푼돈은 눈에도 들어오지 않을 테고."

"그게 아닙니다. 전 대운 군은 물론 누구에게도 일절 받지 않습니다."

그 말에 지군레코드 사장이 내 눈을 봤다.

살짝 고개를 끄덕여 주니 이번엔 화를 냈다.

"아씨, 뭐야?! 뭐가 문제인데? 왜 안 받아?! 다 받는데."

"아버지 묘소에 맹세했습니다. 제대로 된 경찰이 되겠다고요. 그래서 전 절대 받을 수 없습니다."

"아버지 묘소에 맹세했다고? 하이고, 그렇다고 평생 순경질이나 하며 살래? 돈 없이 진급될 것 같아? 총경 쯤 되면 뒤에 다 스폰서가 있다고. 그 스폰서 없이 네가 혼자서 뭘 할래? 순진해도 뭐 이런 순진한 놈이 다 있어."

"죄송합니다."

"내 참 살다 살다 경찰 중에 내 돈 안 받는 놈은 또 처음 보네."

교통경찰 3년에 집 한 채 못 사면 등신이라 불리던 시절이었다. 운전면허증 하나 따려도 돈이 수십만 원씩 오가고 혹여나 신호 위반으로 잡혀도 면허증 아래 1, 2만 원씩 찔러주면 끝,

국민을 위해 존재하는 국가 공무원이라는 권력은 대통령부터 비자금을 받으며 돌이킬 수 없이 변질됐고 부패를 부패로 인식 못 하는 지경에 이르렀다.

지군레코드 사장처럼 돈 안 받는다고 큰소리쳐도 이상하지 않을 세상이었다.

흙눈이의 사회니까.

하지만 나에게도 오늘의 점심은 시사하는 바가 컸다.

성질부린다고 될 일이 안 되지 않는다.

어쩔 수 없는 건 어쩔 수 없다.

사람은 결국 제 생긴 대로 살아가게 된다.

부모님이 쫓겨난 이후 가슴 속 한곳 어딘가에서 날 찔러 대던 자책과 안타까움이…… 제아무리 이혼을 알리러 왔다지만 화내지 않고 달랬더라면 아들의 집에서 쫓겨나는 최악은 면하지 않았을까란 후회가 있었는데 많이 가시는 게 느껴졌다.

내가 어떻게 하든 부모님은 기어코 이혼하셨을 테고 지금도 역시 이혼 절차를 밟고 있다.

본역사에서도 그랬다. 이혼했고 이혼한 지 5년 만에 나를 핑계 삼아 재결합했다. 자식이 한창 꿈을 키웠어야 할 시기에 5년을 지옥 속에서 보낸 건 그들에게 중요하지 않았다.

재결합해서도 잘 살지 못했다. 10년 살다 또 이혼한다. 첫 이혼처럼 나에게는 한마디 상의도 없이.

내가 부모님의 파탄에 담담한 이유는 간단했다.

자주 봤으니까. 고통도 자꾸 겪으면 무뎌지니까.

"……."

약 2시간에 걸친 점심을 마치고 우리는 헤어졌다.

느지막이 돌아간 합주실은 '기다릴게요'를 한창 연습하고 있었는데 리차드 막스와는 전혀 다른 조용길의 음색이 멜로디에 얹혀 흘러 다녔다.

독특한 맛이었다. 진지하고도 열중한 모습에 방해되지 않기 위해 곡이 끝날 때까지 기다렸고 짝짝짝짝 박수치며 들어갔다.

"아주 좋아요. 역시 가왕이십니다."

"괜찮아?"

멋쩍은 미소로 다가오는 조용길에게 엄지를 치켜세웠다.

"담담하게 감정을 과하게 넣지 않아 더 좋았어요. 해석은 관객에게 맡기는 게 좋잖아요. 그러면서도 서정성은 살아 있고. 방향성도 괜찮았어요."

"그래? 잘됐다."

"맥은 잡았으니 조금 더 다듬어서 녹음하죠."

"좋아."

여기에 인트로로 '페이트'라고 넣으면 완벽하지 않을까?

좋은 생각 같아 넣어 봤는데 다들 좋은 아이디어라고 했다.

분위기를 탔는지 나도 기운이 올라왔다.

내일로 미룰까 했던 페이트 1집을 꺼내 들었다.

"쇠뿔도 단김에 빼랬다고 오필승의 다음 앨범도 진행해 볼까요?"

"으응?"

"연주는 하나도 안 들어가 있긴 한데 일단 들어 보세요."

카세트 플레이어에 녹음해 온 곡을 넣었다.

총 10곡이었다.

세계적으로 이름을 떨친 명곡들 중 1타로 뽑은 10곡.

조용길과 위대한 탄생은 1번 트랙부터 귀를 끄는 멜로디에 집중해 들어갔고 2번, 3번을 넘어가며 더욱 침잠했다.

다른 일은 인식 못 하는 듯 한 곡 한 곡 끝날 때마다 긴 한숨을 내쉬었고 폭풍과 같이 10곡이 지나갔다.

플레이어를 껐다.

"어때요?"

"……."

"……."

"……."

"……."

아무도 대답하지 않았다.

누구는 고개만 푹 숙이고 또 누구는 절레절레 흔들고 천장을 보고.

잠시 기다려 주니 이호진이 겨우 입을 열었다.

"……우선 사과부터 해야겠다."

"뭔데요?"

"'기다릴게요'를 눈앞에서 쓴 걸 봤는데도 너를 믿고 싶지 않은 마음이 컸다. 우연이라고. 우연일 거라고 널 폄훼했어. 헌데 이제야 나도 살리에리의 마음을 좀 알 것 같다. 넌 정말 괴물이야."

살리에리는 모차르트의 시기했던 당대 최고의 궁중 음악가였다.

질투심에 눈이 멀어 모차르트를 살해했다던 남자.

그 사실이 진짜인지는 모르겠지만 아무튼.

"마음에 드신다는 거죠?"

"물론이지. 이게 싫다면 그게 음악가야? 다들 안 그래?"

동의를 구하듯 이호진이 주위를 둘러보았다.

모두 고개를 끄덕이자 이호진은 내 손을 잡았다. 그의 눈은 순수한 열정으로 들끓고 있었다.

"이거 우리가 연주하는 거지? 맞지?"

"그럼요."

"우와아아아아~~."

모두가 기쁨에 소리 질렀다.

얼마나 기쁜지 항상 얌전하던 이호진마저 두 손을 번쩍 들었다.

하지만 다 줄 생각은 없었다.

"연주는 몰라도 가수는 곡마다 달라요."

"응?"

조용길이 제일 놀라 쳐다봤다.

"여섯 곡은 여자 가수가 필요하거든요. 듀엣이 두 곡이고 네 곡은 아예 여자 가수 전용으로 만들었어요."

앨범 페이트는 프로젝트 앨범이었다.

앞으로 나올 O15B나 토이처럼 내가 나서지 않고 다른 가수들을 내보내는 것.

어차피 알려질 일이라도 나의 노출을 최소한으로 줄이기 위해서였는데 현재론 이 방법이 최선이었다. 난 일곱 살이니까.

"잠깐만. 무엇이 듀엣이고 무엇이 여자 가수 노래인데?"

"듀엣은 4번, 8번. 여자 솔로는 2번, 3번, 7번, 10번요."

"어쩐지 4번, 8번은 네가 부르는데 조금 어긋남이 있더라. 아아, 그 차이였구나."

"맞아요. 교차나 화음도 나와야 하는데 혼자선 무리죠."

"알았다. 알았는데…… 그럼 나머지 곡은 내가 불러도 돼?"

"그럼요."

허락이 떨어지자 조용길은 안심하는 표정을 지었다.

조금 미안하게.

그런 그를 계속 놔둘 순 없어 한마디 더 해 줬다.

"여자 솔로가 시원치 않으면 남자키로 할 수 있어요. 뭐 대신 완성도는 조금 떨어질 테지만."

"아니야. 그럴 필요 없어. 이런 앨범에 참여할 수 있는 것만으로도 난 아무 불만 없어. 너희들도 그렇지?"

"그럼그럼그럼."

"그렇게 말씀해 주신다면 그냥 믿고 갈게요. 그래도 되죠?"

"물론이지. 인맥을 다 동원해서라도 가수를 찾아올게. 걱정 마라. 최고의 앨범으로 만들 거야."

마음이 고마웠다.

그래서 보상 차원으로 앞으로의 계획 일부를 공유했다.

"참고로 이건 시작에 불과해요. 페이트 앨범은 계속 나올 예정이고요. 최소 30곡은 더 작업하고 있으니까 할 일이 많아질 거예요."

"뭐?!"

"그냥 그렇다고요. 저도 허투루 할 생각이 없다는 걸 말씀
드리고 싶어서요. 자자, 이제 집중해야죠. 이제부터 곡 해석
에 대해 제 전반적인 의도를 설명해 드릴게요. 시작합니다."

녹음테이프를 뒤로 감아 스타트 버튼을 눌렀다.

1번 트랙이 시작.

이 곡은 본디 일본 애니메이션인 기갑 창세기 모스피다의
주제곡이었다.

일본 첫 방영이 1983년 10월이니 이제 석 달 남았나? 본 제
목이 '잃어버린 전설을 찾아서(失われた伝説をもとめて)'라
고 하는데.

개인적으로 건담과 초시공요새 마크로스를 잇는 최고의
기갑 애니메이션이 아닐까 생각한다.

처음 모스피다를 만났을 때 겪은 충격은…… 어휴~.

지금도 생생했다.

잘 달리던 오토바이가 로봇으로 변할 때는 뒷골로 전율이
흘렀고 전투기가 거대 로봇으로 바뀌어 수백 발 미사일을 동
시에 발사 때는 머릿속이 하얘지는 느낌을 받았다.

이게 어떤 기분이냐면 트랜스포머 1편이 세상에 처음 나왔
을 때와 비슷한 수준일 수도 있겠다.

1985년에 들어 우리나라에서도 삼부 프로덕션이 한국어판
을 내긴 했는데 난 이걸 '영웅'이라는 제목으로 바꾸었다.

"푸르름이 없는 산들~ 희미해진 별빛, 갈 곳을 잃은 너를~

비치는 그림자…… 몸과 마음이 너무 괴롭다네~ 괴롭다네 괴롭다네~."

어린 시절 이 애니메이션을 만나고 느낀 감성을 조용길과 위대한 탄생에게 고스란히 전해 줬다.

염세적인 가사부터 황량한 곳을 헤매는 한 남자의 고독을 말이다.

다들 이해가 빨랐는데 그럼에도 이들은 자기 노트에 빠짐없이 적었다.

2번 트랙이 시작됐다.

이 곡은 타케우치 마리야(たけうちまりや)의 Plastic Love였다.

우리나라에선 일본 시티팝 입문곡으로 유명한 곡.

여기에서 시티팝이란 80년대 일본 대중음악을 이끌던 주류 중 하나를 말했다. 물론 이때도 시티팝이란 개념은 없었는데 거대 도시를 테마로 한 복합적인 음악을 훗날 이렇게 부르게 된다.

때는 바야흐로 1980년대의 일본이라.

역사를 통틀어서도 유례가 없을 정도의 호황을 이끌던 계절.

사회가 풍요로울수록 오락과 유희가 발전하는 건 당연한 일이었고 일본 음악계도 그러했는데 팝과 락, 재즈, 펑크, 소울 등 장르의 경계를 허문 다양한 크로스오버가 이루어졌다.

이런 시기를 거치며 시티팝은 하나의 장르가 됐고 담담하면서도 진솔하고 도시적이면서도 세련미가 넘치는 정체성으로 엄청난 호응을 이끌었다. 덕분에 가까운 우리나라에도 많은 영향력을 끼쳤다.

타케우치 마리야에겐 안 된 일이지만 그녀의 시그니처이자 아무리 들어도 질리지 않는 명곡은 이제 그녀의 것이 아니게 됐다.

나로 인해 말이다.

다음은 3번 트랙이었다.

이 곡은 Berlin의 Take My Breath Away였다.

한국어 버전으로 '내 숨결을 가져가세요' 정도로 번역을 넣었는데 1986년 개봉한 영화 탑건의 OST였다.

이 곡의 최대 관건이자 매력 포인트는 둥둥둥둥둥으로 대표되는 도입부의 drone 소리였다. 이걸 어떻게 커버하느냐가 곡 전체의 분위기를 좌지우지하였는데 난 이걸 우선 베이스 기타로 대체했고 다른 비슷한 소리를 내는 악기가 없나 위대한 탄생에게 숙제를 내줬다. 없으면 베이스로 밀고 가고.

호응은 대박이었다.

리즈적 톰 크루즈의 미모에, 뜨거운 우정, 진정한 사랑, 몰입감 넘치는 스토리가 섞이며 세계적으로 흥행 돌풍을 일으킨 길이 남을 대작이 내 앨범에 들어왔다.

조용길은 자기가 못 불러 아쉬워했지만 어쩌랴.

여자 솔로를 위한 곡인데.

곡에 대한 해석이 진행될수록 조용길과 위대한 탄생의 표정이 굳어졌고 4번 트랙이 시작되었다.

이 곡은 1987년도에 개봉한 영화 더티 댄싱의 OST였다. The time of my life.

한국어 버전으로 '내 인생 최고의 순간'이라고 적었는데 '사랑과 영혼', '폭풍 속으로'로 대표되는 페트릭 스웨이지의 출세작답게 엄청난 흥행을 일으켰고 OST 또한 그해 그래미상과 아카데미 주제가상을 휩쓸었다.

빌 메들리오와 제니퍼 원스의 절묘한 화음이 특색인 곡으로 4분 30초란 짧은 시간 속에서 사랑의 기쁨과 환희, 뜨거운 열기를 모두 담아낸 수작이었다.

다음으로는 내가 제일 기대하는 5번 트랙이 나왔다. Bobby McFerrin의 Don't Worry Be Happy.

와우!

내가 이 곡까지 챙겨 버릴 줄은 몰랐다.

한국어 버전으로 '괜찮아 잘 될 거야'라 짓긴 했는데 이대로 제목을 살릴까 고민되었다. 노래를 듣는 이 순간까지도. 한국어는 왠지 맛이 좀 떨어지는 것 같아서.

Don't Worry Be Happy는 1988년 톰 크루즈 주연의 영화 칵테일의 OST인데 내가 알기로 이해는 거의 이 녀석의 해라고 봐도 과언이 아니었다. 나열하는 게 입이 아플 정도.

별것 없는 리듬에 옆집 아저씨가 툭툭 던지는 듯한 보컬, 거기에 아카펠라가 덧입혀지며 듣고 있으면 왠지 행복하고 자유롭고 즐겁게 해 주는 곡이라.

물론 바비 맥퍼린에게는 살짝 미안했다. 어떡하겠나 여러 일을 겪으며 한층 독해진 내가 문제인데.

일단 챙겼다.

시작된 6번 트랙도 만만치 않았다.

Samuel E. Wright의 Under the Sea.

1989년도를 태풍처럼 휩쓴 애니메이션 인어공주의 OST.

아틀란티카의 궁중 음악가인 바닷가재 세바스찬이 공주에게 인간 세상은 불행하지만, 바다는 이렇게 행복하지 않냐며 설득하는 대목에서 나오는 곡이었다.

유쾌한 캐릭터답게 축 처진 분위기를 띄우기에 적합했고 2000년대에도 회자되며 디즈니 역사상 최고의 OST 중 하나라는 찬사를 받는다.

난 이걸 '바다에서'라고 한국어 번역을 했고 최대한 축제 분위기를 내려 노력했다.

내 가창 능력으로 잘 될진 모르겠지만, 아무튼 노력은 했다.

여기까지 마치며 플레이어를 일단 중지시켰다. 너무 과열되는 양상이라 잠시 쉬어 가면 어떨까 한 의도였는데.

"그게 무슨 소리야? 쉬긴 뭘 쉬어?! 어서 해. 빨리."

"맞아. 빨리해. 나 지금 떨고 있는 거 안 보여?"

"주인공이 막 고백하려는데 끊은 것 같잖아. 어서 계속해."

"빨리빨리빨리빨리빨리."

"대운아, 제발."

"……!"

저항이…….

나도 살짝 놀라웠다.

배경지식이 있는 것과 그냥 듣는 것이랑은 확실히 다른 모양이다.

곡의 의도, 분위기, 이미지를 이해함으로써 시각적 연상이 된 건지 이들은 목마른 사슴 같았다.

"알았어요. 그럼 바로 시작할게요."

"그래, 얼른 해 줘. 네 설명이 김광안의 팝스 다이얼보다 훨씬 좋다."

"그렇지! 나도 그렇게 생각해."

"어딜 김광안을 빗대냐. 이건 다 대운이가 직접 작곡한 건데."

"맞아. 얼레벌레 해석하는 거랑 같으면 안 되지. 어서 해. 어서어서어서. 이러는 시간조차 아깝다."

열화와 같은 성원에 힘입어 7번 트랙을 틀었다.

Whitney Houston의 I Will Always Love You였다.

장난기가 넘치는 Under the Sea에서 바로 애절한 사랑 노래로 넘어가자 조용길과 위대한 탄생은 단숨에 집중해 들어갔다.

1992년 개봉한 영화 보디가드의 OST.

케빈 코스트너와 휘트니 휴스턴의 사랑 얘기가 막 이들의 가슴에 어떤 족적을 남기려 할 때 불현 듯 어떤 사실을 깨달았다.

서둘러 끊었다.

이 곡은 쓰면 안 되겠군.

"아아, 이건 실수예요."

"아, 왜?!"

"왜왜왜왜왜왜왜?!"

"왜 끊어?! 왜? 왜?!"

"왜~~~!!!"

난리가 났지만, 다시 틀어 줄 수는 없었다.

이 곡은 돌리 파튼이 1974년에 이미 발표한 곡이었다.

느낌도 분위기도 완전히 달랐지만.

이걸 발표하는 순간 표절이라 지탄받을 것이다. 아무리 시작부터 표절이라도 굳이 표절이라고 욕먹는 건 하기 싫었다.

"이건 뺄게요."

"왜 그래? 좋아 보이던데."

"그래, 왜 그래, 갑자기?"

"어쨌든 빼겠습니다. 대신 다른 곡을 넣을게요."

"또 있어?"

"3집에 넣으려던 걸 미리 빼 쓰죠."

"3집도 벌써 만들어 놨어?"

"2집도 만들어 놨으니까 당연히 3집도 만들어 놨겠죠."

"어디에?"

"……."

머리를 가리켰다.

바로 납득하는 이들을 두고 바로 8번 트랙으로 넘어갔다.

A Whole New World이었다.

1992년 개봉한 애니메이션 알라딘의 OST.

알라딘 역의 브레드 케인과 자스민 역의 레아 살롱가가 부른 버전이었다. 팝 버전은 다른 사람이 부르긴 했는데 내가 좋아하는 버전은 이 두 사람의 것이다.

이후 뮤지컬은 물론 수많은 가수가 커버와 리메이크한 곡으로 개봉한 해·아카데미와 그래미를 휩쓸었다. 당시 무쌍이던 Whitney Houston의 I Will Always Love You와 유일하게 어깨를 나란히 했던 곡.

아치 코믹스의 'Sugar, Sugar' 이후 장장 24년 만에 애니메이션 OST가 빌보드 핫 100 1위를 먹은 곡.

한국어 버전으로 '완전히 새로운 세상'이라 적었고 이도 영~ 어색해서 영어 제목으로 밀어붙일까 고민하는 곡 중 하나였다.

어째서 한국어가 아니면 안 된다는 건지.

9번 트랙이 시작됐다.

Elton John의 Can You Feel The Love Tonight였다.

이제 설명하는 것도 슬슬 지쳐 가지만 이를 악물고 읊어 줬다.

1994년 개봉한 애니메이션 라이온킹의 OST.

그러고 보니 인어공주부터 디즈니만 판 것 같은 느낌이 드는데 뭐 어쩌나. 출처 확실하겠다 명곡 인증받았겠다 놔두는 게 바보지.

여담으로 Can You Feel The Love Tonight는 원래 라이온킹 OST에서 제외될 곡이었다고 한다. 하지만 엘튼 형이 디즈니에서 사랑 노래가 빠지면 안 된다고 바득바득 우겨서 삽입하게 된 케이스라고. 그리고 그해 아카데미와 그래미, 골든글로브까지 싹쓸이해 버렸다.

한국어 버전으로 '오늘 밤 이 사랑이 느껴지나요?'로 바꿨고 위대한 탄생은 이 곡을 해석하느라 죽을 지경이었다.

나만 만족스럽나?

대망의 10번 트랙이 시작됐다.

이번 곡은 Celine Dion의 My heart will go on이었다. 1997

년 개봉한 영화 타이타닉의 OST로 초초초초대박 난 곡.

나의 디바.

셀린 디온의 노래를 두고 더 무슨 말을 할 수 있을까.

My heart will go on은 무언가 해설하는 것 자체가 훼손의 시작이라 봐야 했다.

광활한 수평선 너머 자유롭게 부는 바람 같은 광경을 무슨 수로 표현하고 이해시킬까. 그냥 느끼는 수밖에.

영화부터가 18억 달러의 흥행 수익을 올렸고 아카데미 14개 부문에 올라 11개를 휩쓸었다.

가히 신드롬이었고 난 이걸 감히 한국어 버전으로 '내 마음은 변치 않아요'라고 적긴 했는데 이도 영어를 살려야 하나 고민되었다. 아니, 과연 이걸 부를 여자 솔로가 한국에 있는지도 의심스러웠다. 다 내 욕심이 아닌지 하고 말이다.

위대한 탄생의 얼굴이 썩어 들어가는 건 고려 대상이 아니고.

이렇게 준비한 건 다 끝났다.

다만 7번 트랙이었던 I Will Always Love You가 표절인 관계로 새롭게 한 곡을 넣어야 했는데.

'무엇이 좋을까?'

넣을 곡은 널렸다.

레퍼토리를 따진다면 번뜩 떠오르는 곡만도 100곡이 넘으니까.

하지만 새롭게 넣는 곡이니만큼 조용길에 대한 배려가 더 필요하지 않겠냐는 생각이 먼저 들었다.

내 앞에 있는 이들은 북미의 그들이 아니었고 비록 한국의 대표 주자라고는 하나 세계적으로 보면 아직 껍질을 벗지 못한 날 것에 가까웠다.

결국 조용길이었다.

조용길.

내가 꺼낸 10곡 중 조용길이 부를 만한 노래가 딱히 없다는 것.

모스피다와 라이온킹이 그나마 상대가 될 텐데.

'만족하려나?'

아니다. 실망할 것 같았다. 지금도 은근 그런 기색이 보인다.

조용길은 내 음악 생활의 주춧돌이라 그가 흔들려선 아무것도 할 수 없었다.

'조용길이 좋아할 만한 걸 꺼내야겠어. 그렇다면…… 이게 어떨까.'

그가 보는 앞에서 1993년 발표되고 1994년 개봉한 영화 레옹의 OST로 실린, 세계적 히트곡을 불러 줬다.

도입부부터 서정적이면서 왠지 황량함을 느끼게 하는 기타의 멜로디를 따르며 나도 집중.

앞으로 30년이 더 지나도 명곡으로서 길이 남을 곡을 이제 그에게 헌정하려 한다.

Sting의 shape of my heart.

한국어 버전으로 '내 마음의 형상'이다.

"어때요?"

"이건······."

"용길이 아저씨를 위해 특별히 준비한 건데."

"나······를 위해서?"

얼떨떨해하면서도 표정이 확 풀린다.

"아저씨가 불러 주셨으면 해서요. 이 곡은 왠지 아저씨가 아니면 안 될 것 같았거든요."

"대운아······."

"혹시 별로인가요? 별로면 다른 곡으로 또 드릴게요."

"아, 아니다. 좋다. 너무 좋아. 분위기도 좋고 노랫말도 좋고 다 좋아."

"그럼 불러 주실 거죠?"

"당연하지. 누가 주는 건데 당연히 해야지. 너무 마음에 들어."

"그럼 당첨."

곡 선정이 끝났다.

피곤해서 집으로 가고 싶었지만, 아직 남은 게 있었다.

"다들 보셨겠지만 지금 제 작업에는 한계가 있어요."

"······?"

"······?"

"······?"

"......?"

그게 무슨 개소리냐는 표정들이 나왔다.

듣고 있는 것만도 가슴 벅차는 곡만 벌써 몇 개인데 그따위 헛소리를 찍찍하냐고.

"아니요. 제 목소리만으로 표현하기에는 한계가 있다고요. 느낌을 온전히 전달하기 위해서는 제가 악기를 다뤄야 할 것 같아요. 악기하면 피아노가 기본인 것 같고요."

"아아, 악기!"

"그렇지. 음악하려면 악기 하나는 능숙하게 다뤄야지."

"맞아. 연주가 조금만 들어가도 훨씬 이해하기 편할 거야."

"근데 웬 피아노? 기타가 아니고?"

"놔둬 봐. 대운이가 지금 피아노를 먼저 불렀잖아. 기타가 아니라."

피아니스트인 이호진이 앞으로 나섰다.

"호진이 아저씨."

"응, 말해."

"저한테 피아노 가르쳐 줄 사람 좀 없나요?"

"당연히 있지."

"다행이네요. 일일이 말로 설명하기가 꽤 힘들었는데. 누구예요?"

"내가 가르쳐 줄게."

"안 돼요."

"왜?"

"아저씨는 공연하고 연습해야 하잖아요. 시간 널널한 사람으로 보내 주세요. 아! 피아니스트가 되려는 게 아니에요. 라인만 잡아 와도 아저씨들이 다 해결해 줄 거잖아요. 그러니까 웬만하면 너무 나이 많은 사람 말고요."

"나이 많은 사람은 왜 안 돼?"

"또 설득해야 하잖아요. 저 보면 딴 생각할 텐데. 그냥 말만 통하면 돼요."

"아아~ 그렇구나. 알았다. 내가 좋은 놈으로다 골라 올게."

"감사해요."

이젠 정말 용무 끝.

바로 해산하기로 했다.

내가 우선 너무 지쳤고 조용길도 위대한 탄생에게도 생각할 시간을 주기 위해서였다.

목각 인형으로 놀다가 최첨단 로봇을 손에 쥔 아이 같은지라 자기들 5집은 거들떠보지도 않고 페이트 1집 완성에 열을 올리고 있어 도망치지 않으면 끝없는 질문 세례에 헤어 나올 수 없을 것이다.

사흘 뒤에 만나자고 하고 간신히 빠져나왔다. I Will Always Love You가 든 테이프는 회수. 혹여나 누가 잘못 이용했다가 박살 나는 건 안 되니까.

그런데 페이트 1집을 굳이 OST로만 나열한 이유를 내가 말했던가?

간단하게 풀이하자면 출처가 확실해서였다.

판권이나 뭐니 복잡한 건 둘째로 미룰 만큼 겁이 나서……
표절이 처음인지라 제일 안전한 거로 고르다 보니 본의 아니
게 이렇게 됐다.

다음에는 더 좋은 곡으로 뽑겠다.

"그럼 그때 지군레코드에서 봬요. 일단 5집부터 완성하자
고요."

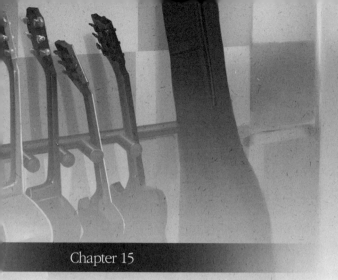

Chapter 15

"아니, 칠성 영업소장님이 여긴 어떻게……?"

우리 집 현관문을 자기 집처럼 열고 들어온 조형만을 본 이상훈 과장이 반갑게 그를 맞았다.

조형만도 이상훈 과장을 보고 놀랐다.

"어! 이 과장 아이가. 이 과장이 여긴 어인 일이고?"

"저야 일 때문에 왔죠."

"일로 왔나? 반갑다. 이야~ 신수가 훤하네. 요새 정 부장이 잘해 주나 봐."

"하하하, 저야 뭐."

"이자 같이 서울에 사는데 자주 좀 보자. 내 여기 말뚝 박았다."

"말뚝이요? 설마 대운이네로요? 칠성 영업소 그만두고 하신다는 일이 여기였어요?"

"하모. 대운이가 내를 끌어올렸다 아이가."

"……?"

이상훈 과장은 이 상황을 도무지 이해할 수가 없었다.

대구 칠성 영업소면 전국에서도 실적이 가파르게 상승하던 영업소였다.

한창 절정일 때인데.

알짜배기를 넘겨주고 고작 한다는 일이 겨우 남의집살이라고?

"이 과장. 오랜만에 만나가 무슨 그런 표정이 나오노?"

"아니, 잘 이해가 안 가서요. 진짜 대운이랑 같이 일한다고요?"

"그래."

"아니, ……왜요?"

"왜는 무슨. 그렇게 됐다."

"소장님 돈 잘 벌었잖아요. 조금만 더 일하면 대구 지사장도 노릴 수 있었던 거 아니에요?"

"지사장은 무슨. 다 빛 좋은 개살구지."

"예?"

"내사마 말이 나와서 하는 긴데 여기가 훨씬 더 마음 편하고 돈도 훨씬 더 좋다 아이가."

"여기가 더 좋다고요? 소장님이 300부까지 키웠잖아요."

"그렇지. 100부 하던 거 인수해가 300부까지 키웠지."

"그쵸. 소장님이 부임하고 엄청나게 성장했죠. 본사에서도 기대가 컸잖아요. 프로모션도 밀어주고."

"안 믿네. 그래 함 계산해 보자. 본사에서 학습지를 얼마에 넘겨 주노?"

"그야 1천 원이죠."

"그래, 1천 원에 넘기고 내가 1천5백 원에 안 파나. 부당 500원 남긴다 아이가. 300부면 한 달에 15만 원이다."

"그쵸. 커지면 그만큼 수익이 더 늘어나는 거 아니에요?"

"하나만 아는 소리 또 하네. 내가 마누라랑 싸운 게 다 그거 때문이 아이가."

"예?"

"300부면 뭐 하노. 이중 절반은 몇 달 못 가는데. 아 하나 공부시키는 것도 돈 아까워가 1년씩 2년씩 진득하게 하는 인간이 없다. 조금 해 보고 탁탁 끊어 뿐다. 돈 나간다고. 그러고 나면 자동차 세금에 기름값에 전기세에 한 달에 10만 원 남기기도 빠듯하다. 부수를 더 늘리면 되지 않냐고?"

"예."

"300부가 내 혼자 딱이다. 더 늘이면 사람 써야 하는데 인건비는 어디서 뚝 떨어지나? 사람 쓰면서 수지타산 맞으려면 1천 부는 잡아야 계산이 된다. 그 많은 걸 다 어떻게 할래?"

"아아⋯⋯."

계산상으로야 알고 있었지만 이렇게 진솔하게 듣는 건 처음인 이상훈 과장은 자기도 모르게 고개를 끄덕여 버렸다.

조형만은 그런 이상훈 과장의 어깨를 토닥거렸다.

"니 내 여기서 받는 연봉이 얼만 줄 아나?"

"연봉이요?"

"연봉도 모르나? 본사에서 일하면서."

"그게…….."

일일학습은 호봉제다.

"월급이다. 월급. 1년에 줄 총금액을 정해 놓고 13으로 나눠서 매달 나눠 주는 거."

"그럼 봉급이 아닌가요? 근데 왜 13으로 나눠요? 1년은 열두 달인데."

"한 달 치는 명절 떡값이다. 설날, 추석."

"아아~."

"그런다고 보너스가 없는 줄 아나? 연말에 실적 딱 보고 지정해서 준다 아이가."

듣다 보니 왠지 지는 느낌이라 이상훈 과장은 애써 뭉개려 했다.

그래도 자신은 본사 직원이고 앞에 있는 조형만은 본사의 지시를 받던 지역 영업소장이 아닌가.

"에이, 그럼 봉급이랑 별 차이가 없……."

"그래서 내 연봉이 얼만 줄 아냐고 묻잖아."

"그야 제가 어떻게……."

"5백만 원이다."

"5백만 원이요?!"

순간 잘못 들은 줄 알았다.

"잠깐잠깐잠깐, 잠깐만요. 그럼 한 달에 받는 봉급이 38만 원이라고요?"

"아니, 각종 보험에 세금 떼고 나면 30만 원 조금 넘는다 카더라."

"보험이요?"

"연금이랑 의료 보험 같은 걸 회사에서 절반 내 절반 낸다 카더라고. 나중에 필요할 끼라면서."

"……."

말도 안 된다 생각했다.

일일학습에서만 쌔빠지게 10년이었다. 그래도 봉급이 겨우 15만 원 넘겼는데.

30만 원이면 내로라하는 대기업에서도 과장급 이상이었다.

도대체 무슨 일을 하길래 돈을 그렇게나 받을까.

물으려는 순간 현관문이 덜컹하며 열렸다.

장대운이 다부지게 보이는 남자와 들어오는 게 보였다.

"어! 형만이 아저씨 오셨네. 이상훈 과장님도 오셨고요."

"내 잘 다녀왔다."

"대운아, 안녕."

"형만이 아저씨는 내일 아침에 얘기해요. 오늘 너무 힘들었거든요."

"그럴까?"

"과장님은 어떻게 오셨어요?"

순식간에 정리해 버리는 통에 이상훈 과장은 잠시 얼이 나갔지만 금세 다잡았다.

"어, 그게…… 일정이 잡혀서."

"일정이면 CF에요? 컨설팅이요?"

"둘 다."

"말씀해 보세요."

"CF는 일주일 후에 잡혔고 컨설팅은 보름 뒤 일일학습 전국 단합 대회를 하거든. 그때 전 사원 앞에서 발표해 달라고……."

전국 단합 대회는 지역 영업소장들이 모두 모이는 행사였다. 연회장 같은 걸 빌려 지역별 실적을 발표하고 포상하고 끝나면 술도 진탕 마시면서 우의를 다지는.

그런 자리에 일곱 살 먹은 아이를 불러 발표시키는 건……

말을 하면서도 이상훈 과장은 이게 뭔가 싶었다.

그런데 막상 상대는 도리어 같잖다는 듯 피식 웃었다.

"왜 웃……."

"김영현 사장님이 저에 대한 앙심이 있네요. 회사 중대사를 그런 곳에서 발표하게 하다니. 알았어요. 돈 받았으니 돈 값은 해야겠죠. 더 하실 얘기 있으세요?"

갑자기 한기가 도는 기분이라 이상훈 과장도 얼른 나오고 싶어졌다.

"아니, 없어. 이게 다야."

"가능하면 남은 CF 일정도 빨리 잡아 줬으면 좋겠네요. 오래 대면할수록 실망이 커요. 저번에 용길이 아저씨가 가서 공연까지 해 줬는데. 하여튼 사장님 배포가 너무 작아서 문제네요. 오래 만날 사람은 아니에요."

자기도 모르게 '사장이 좀 쪼잔하긴 하지'라고 생각하고 한 이상훈 과장이었다.

"이게 그 자료인가 보네요. 알았어요. 일주일 뒤에 약속 장소로 갈게요. 그럼 끝난 거죠?"

"어, 그래. 그럼 나는 가면 되는 거지?"

"예, 조심히 가세요."

공손한 인사는 받았으나 왠지 떨떠름했다.

집에 가스불 껐는지 헷갈리는 기분.

그래도 뭐 어쩌겠나.

가라는데.

밖으로 나가 막 단지 내를 걷는 순간 누군가가 어깨를 잡았다.

조형만이었다.

"이 과장, 그냥 갈라고?"

"그야…… 네."

"모처럼 만났는데 우리 집에서 한잔하자."

"예?"

"체면치레하지 말고 그냥 가자 마. 이렇게 보내면 내 섭섭하다 아이가."

마구 끌고 가는데 또 옆 동의 아파트였다.

"여기…… 사세요?"

"여 사니까 욜로 데려왔지. 아, 맞다. 이 아파트도 우리 총괄이 내 살라고 빌려줬다."

"예?"

"서울 막 올라와서 어디 여인숙이라도 잡을라 캤는데 이걸 딱 사서 내 보고 살라 안 카나. 요새 잘살고 있다."

한 상 거하게 차려 주는 음식과 술을 먹으면서도 기가 막혔다.

직원 살게 해 주려고 아파트를 사는 사장이 있다고? 총괄은 또 뭐고?

실수령 월급 30만 원에, 이 좋은 아파트에, 여름 휴가도 보장해 준다고?

칼퇴근에, 주 5일 근무란다.

술 마시다 난생처음 체할 것 같아 반항도 한 번 해 봤다.

그렇게 퍼 줘서 뭐 먹고 사냐고!

조용길이 있단다. 조용길부터 시작해 무시무시한 얘기만 듣고 말았다. 일곱 살짜리 꼬맹이가 엄청난 능력자라는 것. 현관에 같이 들어온 남자가 현직 경찰이고 개인 경호고 장관까지 오갈 만큼 인정받은 그런 사람이라고.

오늘따라 왜 이렇게 술이 오르는지.

상실감과 허망함을 이기지 못한 이상훈 과장은 결국 한마디 내뱉고 말았다.

"씨이발, 거기 자리 없어요? 내 더러워서 더는 못 다니겠네."

◇ ◆ ◇

아주 진부한 시나리오였다.

일일학습을 풀다 벌떡 일어나 만세를 외치는 콘티.

내 IQ가 190이라는 것 외 아무 내용도 없었다. 이왕 찍을 거면 기업 이미지 제고라든지 새로운 수익 창출을 위한 모색이라든지 뭐라도 느낌이 있어야 할 텐데 그냥 IQ 190짜리 어린이가 일일학습 핥아 주는 게 다였다.

물론 이것만도 효과는 클 것이다.

1등이니까. 이렇게만 알려도 경쟁자들의 추격을 잠시 늦출 순 있을 테니까.

하지만 이대로는 연명하는 것밖에 되지 않았다. 20년짜리가 21년짜리로 변한 것밖에는.

"컨설팅이 답이네."

가만히 앉아 차근차근 머릿속을 정리했다.

현재 학습지 시장의 현황과 몇 년 후의 구도, 10년 후의 상황, 20년 후의 전개가 쓰윽 지나갔다. 단지 떠올리는 것만도 일일학습이 어떻게 나아가야 하는지 선명하게 보인다.

그럴수록 김영현 사장의 그림자가 너무 깜깜했다.

"앙큼해. 날 거친 사람들 앞에 던져 놓을 생각을 다 하고."

자본주의 사회에 살면서 어째서 이딴 소모적인 짓을 하는지.

이런 심산일 것이다. 유명한 박사님을 모시는 것처럼 거하게 밑밥 깔아 사람들이 기대감을 잔뜩 높여 놓은 다음, 일곱 살짜리를 내보내는 거다. 가뜩이나 술 생각밖에 없는 사람들이 나를 보는 순간 어떤 자세를 취할까.

눈에 선했다.

물론 설사 그렇더라도 대충 해 줄 생각은 없었다. 김영현 사장의 돈이 없었다면 오필승 엔터테인먼트는 아직 세상에 나오지도 못했을 테니까.

"어울려 줘야지. 그걸 원하는데 아주 귀퉁배기를 날려 주는 게 도리가 아니겠어?"

CF 콘티를 던져 놓고 이불을 덮었다.

오늘 너무 많은 심력을 사용했다.

쉬어 주자.

"으음, 졸리네."

그렇게 잠시 눈 감았다 싶었는데 아침이었다.

"내 왔다~ 할매, 지 왔습니더."

현관문이 열리며 조형만이 들어왔다.

"왔능교."

"할매 간밤에 잘 주무셨습니꺼."

"하모요. 우리 조 실장님도 잘 주무셨으예?"

"아주 잘 잤습니더. 하하하하하."

"식사는 하셨습니꺼?"

"예, 하고 왔으예. 오늘 총괄…… 대운이한테 보고할 게 있어서."

"아이고, 내 정신 좀 봐라. 얘기들 나누이소."

할머니가 물러가자 조형만은 수첩을 꺼내며 내 앞에 앉았다. 자못 심각한 표정으로 어제 일을 브리핑을 시작했다.

"내 열심히 돌아다녀 봤는데 아직 실속은 없다. 니가 알아보라고 한 땅은 다 그린벨트로 묶여 있었고. 그린벨트는 개발 못 하는 땅 아이가. 주변에서도 그카더라. 농사지을 게 아니면 그런 땅 갖고 있어 봤자 세금만 낸다고. 진짜 거기 맞나?"

"잘 다녀오신 모양이네요. 정확하게 보셨어요."

"니 진짜 그린벨트 땅 사려고 캤나?"

"그러니까 싸겠죠."

"사람들이 한사코 말리던데. 읍내 다른 좋은 땅도 많은데 왜 굳이 삽도 못 집어넣는 땅에 기웃거리냐고. 거는 대통령이 딱 지정한 땅이라 누구도 못 건든다고. 가뜩이나 사투리 쓰니까 바보 취급 안 하더나."

"창피하셨어요?"

"쫌 그랬제. 그래도 한 군데도 안 놓치고 다 다녔다."

머쓱거리면서도 시선을 피하지 않는 게 미션은 성실히 수행한 모양이다.

"그래요? 의외네요. 대충 다녔어도 제가 모를 텐데."

"그럴 순 없제. 니가 날 믿고 맡긴 일인데. 허투루 하면 쓰나."

"잘하셨어요. 앞으로도 그렇게만 해 줘요. 내가 무슨 말을 하든 철석같이 믿고요."

"걱정 마라. 설사 대통령이 안 된다 캐도 내는 니 말만 들을 끼다."

"그 말, 끝까지 지키시면 저랑 같이 영광을 보시게 될 거예요."

"알았다. 내도 서울 올라오며 결심한 게 있다 아이가. 적어도 내한테만큼은 걱정 붙들어 매라."

"그럼 계속 같은 곳을 돌며 땅을 봐 주세요."

"어제 갔던데 그대로 돌면 되제?"

"네, 땅 생김새는 중요하지 않아요. 맹지도 상관없고요. 아니, 맹지면 더 좋죠. 싸니까. 일단 덩어리 큰 것만 챙기세요. 5천만 원은 생각하고 있으니까요."

"뭐 5천만 원어치나 산다고? 이거 보통 일이 아니네. 알았다. 내 그리 알고 움직일게."

분당 판교 지역은 1974년 박 전 대통령이 국토 시찰 중 개발하지 말라는 말을 꺼냄과 동시에 남단 녹지로 지정, 지금까지 개발 제한 구역으로 묶여 있었다.

강남 개발로 온통 온 나라가 시끄러울 때도 논밭뿐인 생 시골로 유지될 수 있었던 건 오직 그 이유에서였고 상대적으로 박탈감을 느낀 지역 주민들은 불만으로 온몸을 비틀 정도였다.

그 틈을 노리는 것이다.

1989년 1기 신도시 개발과 함께 부동산 폭풍의 진원지가 되기 전에!

살짝 들어가 일부만 삼킨다.

많이 살 돈도 없었다. 또 많이 샀다가 정부의 눈총을 받느니 누구도 모르게 스리슬쩍 해치우게 좋지.

다만 꼭 한 군데만큼은 반드시 사고픈 곳이 있긴 했다.

회귀 전, 한국토지공사 토지박물관이 2001년 성남시의 의뢰를 받아 작성한 보고서 가운데 이런 내용이 하나 있었다.

'성남시의 역사와 문화유적'이란 제목으로 쓰인 목록.

여기에서 난 뜻밖에 '이완용 생가' 편을 볼 수 있었다. 1쪽 분량으로 양은 적지만 나로선 충격인 대목이라 기억에 선명하다.

간단하게 한 문장만 발췌하자면,

'현재의 생가는 백현동 아랫말 뒷가게인 이 모 씨의 집으로, 옛집은 헐리고 새로 지은 것'

기회가 있다면 백현동 아랫말 뒷가게 이 모 씨 집과 그 주변을 땅을 몽땅 구입해 저수지로 만들 생각이었다. 조금 더 쓸 수 있다면 그 일대를 전부 물바다로 만들어도 괜찮고.

◇ ◆ ◇

조형만은 열흘이고 한 달이고 계속 분당 판교로만 출근시켰다.

이유는 역시 같았다.

계속 만나고 막걸리도 한 잔씩 걸치다 보면 없던 건수도 튀어나오기 마련, 혹시나 그로 인해 시책에 변화가 있나 살피는 사람들이 나타나더라도 거리낄 게 없었고 그래서 소문이 백현동 아랫말 뒷가게 이 모 씨의 귀에 들어가길 바랐다.

어차피 현 정부에서는 그쪽은 쳐다도 보지 않을 테니까.

"용길이 아저씨는 이틀 뒤에나 만날 수 있고…… 남은 시간은 뭘 해야 하나……."

슬슬 여름 더위가 몰려오던 때라 선풍기 앞에 찰떡처럼 붙었다.

뒹굴뒹굴 할머니가 해 주는 음식이나 먹으며 앞으로 진행될 일을 정리해봤다.

우선 확정된 건 일일학습 CF 촬영과 컨설팅이다.

다음은 조용길 5집.

페이트 1집도 있고.

하나하나 살피며 필요한 일을 공책에 끄적이다 어제 이상훈 과장이 사다 주고 간 바쿠스 박스에 시선이 머물렀다.

하나 까먹을까 하나다 멈칫.

"옴마야, 저것도 있네."

포트폴리오 목록에 넣어 놓고 까먹고 있었다.

그랬다. 디트리힌 마테슈윈츠에 대해서도 더 미뤄선 곤란
했다.

지금 한창 Blendax 치약 마케팅하면서 사업 구상 중일 테
고 그것이 완료되는 즉시 태국 건너가 TC Pharmaceutically
사의 사장이자 중국계 이민자인 차리야오 위탄야를 태국 최
고의 부자로 만들어 주느라 바쁠 것이다.

내가 두 눈 부릅뜨고 있는 이상 그런 짓은 절대로 두고 볼
수가 없었다.

되든지 안 되든지 양단간에 결정을 봐야 옳았다.

"준비가 필요하겠어."

회귀 전 작성한 미래 지식을 최대한 긁어모아 동안제약 현
황 파악에 들어갔다.

매출이 어떻게 흐르고 또 경쟁 상대는 누구였고 어떤 쇠락
의 시간을 걷는지…… 한창 구상 중이라 바쁜데 상황이 맞아
떨어지려는지 분당 판교를 헤집던 조형만이 쉬는 타임 통해
전화가 왔다.

"오늘은 이만 들어오세요. 부탁드릴 게 있어요."

그가 오자마자 바로 동안제약에 전화 넣었다. 투자와 관련
해 상담 좀 하고 싶다고.

이도 잘 되려는지 내일 시간이 된다고 한다.

오케이.

다음 날이 밝자마자 조형만과 나, 이제 늘 껌딱지처럼 붙어다니는 강희철과 함께 동안제약으로 출발했다.

"동대문으로 가 주세요."

동대문구 용두동 소재지라.

물류 창고 겸 사무실로 크게 사용하는 곳이었는데 밖에서 봐도 어수선하니 사람들이 아주 바빴다.

입구 경비도 깐깐하고 자부심이 심하게 넘쳤다.

"어디서 오셨나요?"

"오필승 엔터테인먼트에서 왔심더."

조형만이 나섰다.

"뭐요? 오 뭐?"

"오필승 엔터테인먼트요."

"그러니까 오 뭐시기가 여긴 왜 온 거요?"

말투가 사나워졌다.

"여기 사장님하고 면담이 잡혀 있어서 왔어요."

"예? 사장님이랑요?"

다시 부드러워졌다.

"아저씨, 말귀 참 어둡네. 여기 사장님하고 10시에 면담 잡혀 있다는 말 못 들었습니꺼? 늦으면 아저씨가 책임질랑교."

"자, 잠깐만요. 저기 비서실에 좀 알아보고요. 쫌만 기다리세요."

서둘러 경비 초소로 들어가더니 또 금세 나와 우리 이름을 묻는다.

기가 차다는 듯 조형만이 대답해 줬다.

"오필승 엔터테인먼트요."

"아아, 오필승, 오필승……."

다시 들어가는 경비원을 보는데 우리 이름이 그렇게 어려운가 살짝, 아주 살짝 의구심이 들었다. 2002년만 돼도 온 나라가 불러 줄 이름인데.

경비원은 10초도 안 돼 다시 나와 눈앞 보이는 큰 건물의 5층으로 가면 된다고 하였다.

"여긴 좀 한적하다."

"그러네요."

차도 많고 사람도 많은 1층과는 달리 5층은 한가했다.

복도도 어느 지점을 지나자 붉은색 카펫이 깔렸고 벽에는 1932년 창업이래 1983년 반월에 효소 합성 공장 준공한 것까지 시대순으로 정렬돼 있었다.

눈다래끼 나면 무조건 찾는 마이신도 이곳에서 만들었고 바쿠스 하나로 국내 제약 업계 1위가 됐다는 내용에, 1970년 주식 공개를 통해 자본금이 7억5천만 원으로 증자한 것도 나와 있었다. 1981년 처음으로 바쿠스를 미국 수출하였다는 것도.

걸어가며 읽는 사이 비서가 다가왔고 그녀의 안내에 따라 사장실로 들어가니 중년인데도 아주 곱상하게 생긴 남자가 우릴 맞았다. 정확히는 조형만과 강희철을 반겼다. 어린 나는 왜 따라왔나 의문스러운 눈길만 주고.

"어서 오시오. 강신오요."

"장대운입니다."

"응?"

인사한 조형만은 가만히 있고 어린 내가 나서자 이게 무슨 상황이냐는 표정이 되었다.

조형만은 서둘러 설명했다.

"이분이 오필승 엔터테인먼트의 총괄이자 실질적인 주인이십니다."

"예?!"

"저는 사업 부문 실장을 맡은 조형만입니다. 만나서 반갑습니다."

"아, 네네."

당혹스러운지 금세 미간이 찌푸려지는 강신오를 보며 나는 웃었다.

장난 똥 때리나 싶겠지.

나에겐 특별할 것도 없는 반응이었다.

하지만 이대로 놔뒀다간 내 얘기도 귀에 닿지 않겠지.

"앉아도 될까요?"

"어어, 그, 그래."

앉으면서 얘기했다.

"오늘은 친목 도모로 온 자리가 아니다 보니 외모가 어리다 하여도 기업 대 기업으로서 존중해 주셨으면 좋겠습니다."

"아, 아아……."

"어렵습니까?"

"……아니네. 미안하네. 내가 좀 놀라서."

인상 쓰지 않고 선선히 인정하는 모습에 +10점.

그래도 서독 유학파라는 건지 제법이었다. 꼰대 천국 80년대 대한민국에서도 초특급 다이아몬드 수저 주제에 말이다.

미리 말하지만 동안제약은 이 사람이 창업주가 아니었다.

강중만이라고 이 양반 아버지인데 역사를 얘기하자면 일제강점기까지 올라가야 했다.

당시 조선 청년들의 루틴이 그러하듯 돈 좀 벌어 보겠다며 경성으로 일본으로 슝슝 날아간 고향 탈출러시는 특별한 일이 아니었고 강중만도 그중 하나라는 것.

일본으로 건너갔다가 모진 설움만 겪었고 돌아와서도 제대로 되는 일이 없이 한동안 방황만 하다 정착했는데 그곳이 바로 일본인이 운영하던 약재상이더라.

동안제안의 시초.

그의 아들이자 현 사장인 강신오는 남들 끼니 걱정할 때도 아버지 슬하에서 유복하게 자랐고 머리도 좋아 서울대 의대를 들어가는 기염을 토했다.

이런 식으로 계속 잘 나가면 소원이 없겠건만 하필 6.25가

터졌다.

그동안 알뜰살뜰 이룬 사업체가 한순간에 개박살 났고 설상가상으로 미군 의약품이 무료로 풀리며 사업은 쫄딱 망했다.

이때 아버지 강중만이 돌파구로 찾은 건 아들 강신오란 카드였다.

미남계. 정략결혼.

상대는 이승만 대통령의 주치의 겸 대형 병원 원장을 아버지를 둔 거로 모자라 본인 스스로도 소아과 의사인 여인이었다. 의료계 성골 집안의 여인.

대형 빅딜이 성사됐다.

의료계 명문 집안과 제약 회사의 결합.

이때만 해도 의사들은 노난 직업이 아니던가.

보험이 있나? 경쟁이 치열한가? 열심히 진료만 해도 돈이 갈쿠리로 떨어지던 시절이라.

그 돈을 옳게 땅에다 투자한 이들은 훗날 재벌 부럽지 않은 집안이 되고.

그러나 평안 감사도 제 싫으면 말듯 강신오는 의사의 길에 뜻이 없었다. 제약입국의 열망을 참지 못하고 서독으로 유학.

그곳에서 개발한 것이 바로 바쿠스였다.

변변한 약도 하나 없는 동안제약을 부동의 1위로 올려 준 전대미문의 효자 상품.

이것이 바로 동안제약에 없는 동안제약의 진짜 연혁이었다.

고로 동안제약이 이만한 호황을 누리는 건 전부 강신오 덕분이라는 얘기.

　물론 처음부터 성공은 아니었다.

　바쿠스를 알약으로 출시했고 열악한 제조 기술 덕에 그 알약들이 며칠 만에 녹아 버리는 일이 발생했다.

　다시 고군분투로 엠플로 제작했더니 미군 약쟁이들이 몸에다 주사하는 바람에 사고가 터져 지금은 얌전히 음료로만 생산하는 중이었다.

　"절 보시는 분들은 대부분 사장님처럼 놀라시죠. 길게 돌아가지 않기 위해 우선 오필승 엔터테인먼트에 관해 소개 말씀드리고 싶은데. 그래도 될까요?"

　"오필승 엔터테인먼트요?"

　"음반 제작 회사입니다."

　"음반 제작 회사?"

　"자본금 5억짜리 음반 제작 회사입니다."

　"뭐 5억?!"

　눈이 대번에 커진다.

　"끝까지 들으시죠."

　"음……."

　"자산으로는 여의도에 1천 평에 달하는 부지가 있고 소속 가수로 조용길 씨가 계시죠. 고문으로 사법연수원 7기 이학주 변호사가 계시고요. 창업된 지는 이제 한 열흘 됐나? 하여튼 그런 신생 기업입니다. 이 내용은 세무서만 가도 알 수 있으니 나중에 천천히 조사해 보서도 되고요."

"······."

"결론적으로 말씀드리면 오늘은 오필승 엔터테인먼트가 동안제약에 유럽 공략을 위한 컨소시엄 제안을 드리기 위해 일부러 요청한 자리입니다. 태국의 TC Pharmaceutically사로 가기 전 마지막 기회로 말이죠."

"······?"

"잘 이해가 안 가시나요?"

"음······."

"저희와 대화를 해 보시겠습니까?"

'저희와 대화를 해 보시겠습니까?'라고 당돌한 꼬마 놈이 묻는데 강신오는 어째서 아들의 얼굴이 눈에 스쳐 지나가는지 몰랐다.

만난 이래 너무 충격을 받았던가.

잠시 말을 꺼낼 수 없었던 강신오는 아이가 계속 쳐다만 보고 있다는 걸 깨닫고는 서둘러 마음을 다잡았다.

"어흠흠, 미안하네."

"아닙니다."

"뭐 하나 물어봐도 되나?"

"예."

"올해 몇 살이지?"

"일곱 살입니다."

"허어……."

"……."

"문맥대로라면 컨소시엄이란 것도 결국 사업 제의 같은데. 이걸 네가 주도했다고?"

믿을 수 없다는 말이었다. 혹시 뒤에 누가 있는지 의심된다는.

"뒤에는 아무도 없습니다. 저희는 신생 회사고 보이는 게 전부인 회사입니다."

"……."

만일 진실이라 해도 강신오는 도무지 이해할 수가 없었다.

자신도 어디 가서 꿀리는 머리가 아닌데…… 늘 영특하단 말을 들었고 최고의 대학에 진학했으며 최고의 환경에서 유학도 했다. 뛰어나다는 놈들을 안 본 눈도 아니었다.

그런 눈으로도 눈앞 아이는 납득 불가였다.

"정말인가?"

"저와 조용길 씨가 자본을 주로 댔고 작은 투자자가 한 명 계신 것 외 아무도 없습니다. 여기 찾아온 건 순전히 제 의지에 의해서고요."

"허어……."

"너무 거북하시면 지금이라도 일어나겠습니다."

"아니, 아닐세. 그래, 조금…… 조금 더 들어 봐도 되겠나?

컨소시엄에 대해서."

"물론입니다."

"해 주게."

"개요는 간단합니다. 저는 유럽 피로회복제 시장을 공략하고 싶고 마침 바쿠스가 선정 대상에 오른 것뿐입니다."

"유럽? 우리가…… 미국에 수출하는 건 알고 있나?"

"예."

"그런데도 찾아왔다?"

"안 팔릴 테니까요."

"뭐?!"

"치적으로는 나름 훌륭하다 할 만하나 기껏해야 1백만 달러 수준이 한계일 거라 봅니다."

"1백만 달러……."

작년 미국 매출이 겨우 15만 달러였다.

생산비니 운송비니 인건비니 오히려 적자.

자랑스럽게 걸어 놨다지만 속으로 곪는 중이다.

"무슨 근거로 1백만 달러라고 한 건가?"

"아니죠. 그렇게 질문하시면 안 됩니다. 겨우 1백만 달러로 놀라시다뇨. 얼마 되지도 않는 돈 가지고."

"뭐라고?"

"지금 화내시는 겁니까?"

"아니, 그것 말고. 어째서 1백만 달러가 우리 한계인 건가?"

"그 너머론 동안제약의 역량이 감당치 못하니까요."

동남아니 뭐니 다 합치면 나중에, 아주 나중에 1천만 달러 까진 올라갈지 모르겠다.

"우리가 못한다고? 어째서인가?"

"마케팅을 모르니까요."

"……!"

"그게 바로 제가 동안제약에 드리고 싶은 제안입니다. 더 는 현실에 안주하지 마시라고요."

"우리가 안주한다고? 우린 정말 최선을 다하고……."

"정말 최선이라고 생각하십니까?"

"뭐?!"

"고작 미국 일부에 깔짝댔다고 그게 최선인가요? 그것도 한인 타운에나 집중된 판로가요? 세계 음료 시장이 얼마나 큰지 모르십니까? 그렇다면 정말 실망이고요."

"……."

"미리 말씀드리지만 제 경쟁 상대는 주변에 널린 피로 회 복제 따위가 아닙니다. 코카콜라입니다. 전 이 바쿠스로 20 년 안에 코카콜라를 밟을 생각이고요. 남자라면 이 정도는 목 표로 잡아야 하지 않겠습니까? 참고로 최선이란 바로 이런 걸 말하는 겁니다."

경악에 빠진 강신오를 두고 더는 말을 꺼내지 않았다.

천천히 일어났다.

"제가 드릴 말씀은 끝났으니 나중에 또 보시죠. 생각 있으시면 연락하시고요."

유유히 빠져나왔다. 연락하라면서 연락처도 주지 않았다.

허무하게 끝난 첫 만남이나 걱정하지 않았다.

내가 본 강신오는 가슴에 아직 불씨가 살아 있었다.

휘발유를 뿌렸으니 어떻게 해서든 나를 찾아올 것이다.

아니라도 뭐 상관없었다.

그가 돌부처처럼 움직이지 않는다면 원역사대로 태국으로 가면 되니까.

집으로 돌아오는 길, 잘 가던 조형만이 갑자기 길가로 차를 대더니 얼굴이 벌겋게 상기돼 나를 불렀다.

"대운아."

"네."

"하아, 대운아……."

"네."

무슨 이유인지는 알겠는데 왜 자기가 격동해서는 난리일까.

"내 막 미치겠다. 생각만 해도 가슴 떨리고 이거 우짜믄 좋노."

딱 끊어 줬다.

"저는 지금 동안제약에 매달릴 시간 없어요."

"응? 갑자기 왜?"

"일일학습 컨설팅 준비해야죠."

"어? 그, 그러네. 그것도 해야 되네."

"가는 길에 문방구 들러서 전지나 잔뜩 사죠."

"왜?"

"발표하라잖아요. 전국 영업소장들 앞에서."

"아……."

"문방구 아시죠?"

"안다."

"그리로 가 주세요."

"응."

무슨 정신으로 운전하는 건지.

도로가 한적해서 망정이지 잘못하다간 사고 날 것 같아 강
희철에게 운전을 시켰다.

잠시 멈춘 사이 도로를 보는데 아지랑이가 사르르 피어오
르고 있었다.

그러고 보니 차에 에어컨이 없다. 수동으로 돌려 차창을
열었다.

이참에 업체 하나 선점해서 차량용 에어컨이랑 자동시스
템이나 개발해 볼까?

필요는 발명의 어머니라고 할 일은 무궁무진한데 몸이 하
나다. 젠장.

"……."

문방구에 들르자마자 전지를 50장이나 사서 집으로 돌아
갔다.

일일학습 컨설팅 자료는 일일이 손으로 작성해야 했다.

파워포인트니 빔프로젝터니 하는 것도 없던 시절이라 수기로밖에 방법이 없었는데……. 아닌가? 슬라이드 프로젝터는 있나?

하여튼 조형만의 손글씨가 나쁘지 않았다.

그렇게 조형만한테 맡기고 이틀을 더 보내고서야 겨우 난 현업에 복귀할 수 있었다.

"……!"

약속대로 5집 완성을 위해 들른 지군레코드.

그곳엔 이름만 대도 껌뻑 죽을 가수들이 가득 모여 나를 기다리고 있었다.

조용길이 피식 웃으며 다가왔다.

"어때? 출연진 죽이지?"

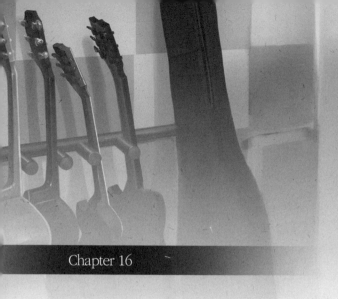

죽인다. 아니, 죽이다 못해 과했다.

연말 시상식에서나 볼 수 있을 법한 멤버들이 나를 보며 서 있었다.

이민자, 패틴 김, 인순희, 윤신애.

이 상황을 어떻게 판단해야 할까.

잠시 갈피를 잡지 못해 주춤했다.

"편하게 생각해. 오늘은 오디션이나 보라고 불렀어."

응? 뭐라고?

나 잘했지? 라고 쳐다보는 조용길이 기가 막혔으나.

따지고 보면 이게 정상적인 절차이긴 했다.

목소리를 직접 들은 것도 아니고 곡을 어떻게 마구 줄까. 나는 지금 이들을 몰라야 했다.

아무 말 않고 가만히 서 있으니 조용길이 차례대로 인사를 시켰다.

한 명 한 명 나와 눈치 마주쳤고 애가 걔야? 라는 눈길을 한결같이 던졌다. 그래도 조용길이 미리 주의를 줬는지 대놓고 뭐라는 사람은 없었다.

조용길과 위대한 탄생이 준비하는 동안 한쪽에 가만히 앉아 있는데 유재한이 가수들 눈치 보며 옆으로 왔다.

"안 떨리냐?"

"예?"

"저 사람들 보고도 안 무서워?"

갑자기 또 웬 무서움?

"그게 무슨 말이에요?"

"우와~ 너 배짱도 좋다야. 저 사람들. 아주 대단한 사람들이라고."

"저도 알아요. 유명 가수니까."

이 시점 인순희만 네임 밸류가 떨어졌다.

"그래도 안 무서워?"

"뭐가 무서워요?"

"하여튼 물건은 물건이란 말이야."

자기 혼자 고개를 젓고 일어나는 유재한이었다.

그 뒷모습을 보는데 이상하게도 그가 한 질문이 자꾸 입 안에 맴돌았다.

"무서워해야 하나?"

묘한 화두였다.

그러고 보면 회귀한 이래로 누군가를 무서워해 본 기억이 없었다. 하나같이 다 만만했고 누굴 만나더라도 자신감이 넘쳤다.

이게 어떤 느낌이냐면 UFC 케이지에 오르는데 나는 효도르고 상대가 유치원생인 것이다.

주먹질, 발길질에, 아무리 으르렁거려도 내 눈엔 다 어린애로 보였다.

'이거 겁이 날 수가 없겠는데.'

물론 그렇다고 내가 겁을 상실한 인간이란 소리는 아니었다. 어쩌면 한 번의 삶을 더 허락받은 회귀 보정일지도 모를 테고.

"시작할까?"

"뭐부터 할 거예요?"

"'기다릴게요'부터 마무리 지어야지? 앨범은 끝내야 하니까. 일단 들어 보고 문제점이 있으면 알려 줘."

"예."

시작됐다.

그런데 달랐다. 도입부부터.

잠시 멈추고 물어보니 조금 더 웅장하게 하려고 파이프 오르간 소리를 넣었다고.

옴마야.

괜찮은 방법이었다. 그 덕에 원곡의 느낌과 더욱 가까워졌다.

도입부가 끝나자마자 이호진의 피아노가 멜로디를 콱 잡아 주며 전체 라인을 이끌었고 조용길의 음색이 덧칠해지자 리차드 막스 이상의 감성이 울려 퍼졌다.

오케이.

이것만 해도 충분한데 파이프 오르간과 기타가 튀어나와 피아노 소리와 어우러지더니 감정을 더욱 고조시켰다.

조용길의 마무리와 함께 절로 박수가 나왔다.

"바로 녹음해도 되겠어요. 이렇게 내죠."

"정말?"

"고생하셨어요. 곡 해석도 제가 원하는 바와 거의 일치해요. 나머지는 개인차라고 봐도 무방하고요."

"알았어. 그럼 이건 넘어가고 이제 페이트 1집으로 가자."

"예?"

설마 벌써 끝냈다는 건가?

사흘이란 시간을 준 건 순전히 곡과 친해지란 의미였다.

"죽도록 연습했어. 그래도 아직 부족한 게 있으니까 감안하고 들어 줘."

"설마 10곡 다 해 오신 거예요?"

"참을 수가 있어야지."

위대한 탄생을 보았다.

다들 씨익 웃었다. 자신이 없으면 나올 수 없는 표정이었다.

이러면 또 안 들어 줄 수가 없다. 오디션 보러 온 가수들 면면만 보더라도 어설퍼서는 안 되겠지.

고개를 끄덕임과 동시에 조용길이 총성을 울렸다.

"그럼 1번 트랙부터 시작이다."

"오케이."

강한 드럼과 함께 긁는 듯한 베이스의 선율이 튀어나오자마자 조용길의 노래가 시작됐다.

'영웅'이었다.

기갑 창세기 모스피다의 OST.

사흘 전보다 훨씬 더 황량해진 감성이 합주실에 돌았고 연주 또한 더 손댈 것도 없이 완벽하게 조화를 이뤄 냈다.

내가 격하게 고개를 끄덕이자 조용길은 보람찬 미소로 곧바로 2번 트랙에 돌입했는데.

갑자기 한 명이 더 들어왔다. 트럼펫을 든 여자 연주자.

타케우치 마리야의 'Plastic Love'가 조용히 시작됐다. 조용길은 느낌만 알려 주겠다는 듯 가이드를 했고 드럼과 기타가 앙상블을 이루며 도시의 분위기를 형성했다. 그 가운데 양념처럼 들리는 트럼펫 소리는 너무도 매력적이었다.

아주 제대로다!

엄지를 척 내밀자 3번 트랙인 Take My Breath Away. '내 숨결을 가져가세요'가 시작됐다.

재밌는 건 이번엔 트럼펫이 나가고 사람 몸보다 큰 악기를 든 여자분이 들어왔다.

바이올린의 대형 버전으로 첼로보다도 훨씬 큰 악기였는데 보는 순간 왜 가져왔는지 알 것 같았다.

"이건 콘트라베이스네요."

"알아?"

"탁월한 선택이에요."

"그치? 악기는 길거나 클수록 낮고 굵은 음을 내니까. 사실 큰북도 생각했는데 그건 곡이랑 어울리지 않고 여운도 좀 적더라고."

"시작해 볼까요?"

"오케이."

둥둥둥둥둥~ 원곡과는 살짝 다른 듯 훨씬 깊은 소리가 나며 귀를 자극했다.

첫음절에 이미 끝났다.

조용길의 가이드가 시작되며 한데 어우러지는 음들 중 거슬리는 건 하나도 없었고 합주실은 더욱 고조됐다.

4번, 5번, 6번…… 10번에 이르기까지 너무도 훌륭했기에 이들에게 내가 해 줄 수 있는 말은 조금 더 강조하라거나 너무 과하다는 정도밖에 없었다.

사흘 내내 잠도 줄여 가며 연습해 왔다고.

나도 더 진지해졌다.

'기다릴게요'까지 11곡.

사흘 만에 이 정도까지 해 온 세션이었다. 그만한 보상은 당연히 있어야 옳다.

내가 뭔가 말을 꺼내려는 사이 조용길은 멈추지 않고 멀뚱히 서 있기만 하는 여가수들에게 다가갔다.

"들었죠? 잘하면 이 곡 중 하나를 부를 수 있는 거예요. 해 보겠어요?"

"나, 내가 먼저 할래."

80년대 대형 가수라고 하면 바로 첫 손에 꼽히는 패틴 김이 가장 먼저 나섰다.

판소리 기반에 1958년 미8군에서 데뷔, 린다 김으로 출발, 패티 페이지를 존경해 이름을 패틴 김으로 바꾸고 '초우', '이별', '가을을 남기고 간 사랑' 등을 부르며 명실공히 대한민국 대표 가수로 자리매김한 디바의 등장에 놀랄 새도 없이.

이민자도 손들었다.

"나도 할 거야. 나도 곡 줘."

통칭 엘레지의 여왕.

'동백 아가씨', '섬마을 선생님', '흑산도 아가씨' 등 60, 70년대를 대표하며 앨범 판매량 총합 1천만 장을 넘긴 그녀가 나서자 대기실이 흠뻑 달아올랐다.

패틴 김과 이민자는 그렇지 않아도 라이벌로 불리는 관계였다.

둘 다 비슷한 시기에 데뷔했고 시작 또한 스탠다드 팝이었으나 한 사람은 트로트로 한 사람은 여전히 팝 기반의 음악으로 대중 앞에 섰다.

서로에 대응하는 두 사람의 기세가 보통을 넘어가자 곁에 있던 인순희와 윤신애는 입도 뻥끗 못 했다.

가창력 하나만큼은 안티도 건들지 않았던 인순희도 그렇고 '열애'로 세계 국제 가요제 은상을 받은 윤신애의 경력도 이들 앞에서는 태양 앞의 반딧불이었으니까.

갑자기 열기가 과열되자 조용길이 나섰는데 주된 내용은 이것이었다.

너희가 선배긴 하지만 떡 줄 사람 생각도 안 하는데 왜들 까부냐. 결정은 대운이가 한다. 그러니 대운이한테 결정을 맡겨라. 안 그럼 소란 일으키지 말고 나가라.

조용길이니까 할 수 있는 말이었고.

자존심이 상했겠지만.

절대 양보할 수 없는 곡이라는 건 서로 인정하는지 한발 물러서며 오디션이 시작됐다.

"……."

패틴 김, 이민자, 인순희, 윤신애가 내 앞에서 노래를 부른다.

매너리즘에 걸린 창법도 아니고 원음 그대로의 곡을 부르며 내 눈에 들려 하고 있었다.

껄껄껄.

이 맛이었다. 이 맛에 다들 '갑'이 되려 발버둥 치는 모양이다.

아쉽게도 노래가 끝나고 단도직입적으로 물었다.

"진짜 하실 생각이세요?"

"응."

"나도."

"저도요."

"저도요."

다들 고개를 끄덕끄덕.

"마음속으로 고른 곡이랑 제가 지정한 곡이랑 다를 수도 있는데 괜찮으세요?"

"그건……."

"으음……."

말을 못 했다.

하지만 이들에게 끌려가는 순간 앨범은 산으로 갈 것이다.

녹음실에서 프로듀서는 선장이자 대장이자 대통령.

지시부터 내렸다.

"그럼 후회가 없게 오늘은 돌아가셔서 연습해 오세요. 내일 들어 보고 가장 어울리는 곡으로 선정해 드릴게요."

이미 곡에 대한 계산이 끝났음에도 일단 내보냈다.

뭐든 한 번에 먹으려단 체할 테니까.

"이분들에게 여자 가수용 트랙을 가사랑 주세요. 사흘 뒤에 볼게요."

"뭐 해요? 트랙이랑 가사지 받지 않고."

조용길은 일언반구도 없이 가수들을 내보냈고 연습 좀 확실해 해 오라는 당부를 날렸다.

상황을 조용길이 주도해서인지 아님, 내 곡이 마음에 든다는 건지 이것저것 자기 마음대로 하겠다며 깡짜 부리는 사람이 없었다.

"일단 한 걸음은 내디딘 것 같고⋯⋯."

그 길에 작업실 겸 회사인 오필승 엔터테인먼트로 돌아오니 이학주가 와 있었다. 삼십 대 중반 정도로 보이는 남자와 함께.

"잘 있었냐?"

"예."

"자, 인사해라. 이 사람은⋯⋯ 내가 소개할 게 아니라 네가 직접 해라."

"안⋯⋯녕하세요. 도종민입니다."

꾸벅 인사한다.

신기했다.

얼마나 호되게 교육받았길래 일곱 살짜리한테 허리 굽히는 데 약간의, 아주 약간의 주저함만 보일까.

"장대운이에요. 만나서 반갑습니다."

"얘가 좀 어수룩해 보여도 노무사다. 특이한 놈이라서 그렇지 실력은 괜찮아. 네가 잘 좀 받아 주라."

"그야 뭐⋯⋯ 일만 잘한다면야. 근데 특이하다는 건 뭔가요?"

"성질머리가 좀 고약해."

"고약해요?"

내가 고개를 갸웃대자 이학주는 서둘러 이유를 말해 줬다.

"순둥이처럼 생긴 게 법대로 안 하면 들이받거든. 벌써 다
섯 번이나 짤렸어."

"선배님……."

도종민이 민망한지 만류하나 이학주는 오히려 더 나무랐다.

"맞잖아. 새꺄. 내가 성질 좀 죽이라고 몇 번이나 말했어.
사회가 그렇게 간단해? 네가 슈퍼맨이야? 아니, 슈퍼맨도 직
장은 잘 다녔어. 짜식아, 네가 뭔데 상사를 들이받고 지랄이
야. 그러고 나오면 사람들이 누구한테 전화하겠어? 나잖아.
너 같은 놈 소개한 나 말이야. 새뀌야."

"……죄송합니다."

"대운아, 네가 마지막이다. 또 그러면 나도 이 새끼 안 볼라
고. 아니, 이놈도 지가 사람이라면 너한테까지 까불지는 않겠
지. 만약에 눈이라도 잘못 뜨면 바로 나한테 바로 얘기해. 그
때는 내가 먼저 죽여 버릴 테니까."

큰소리로 으름장을 놓지만 도종민을 무지하게 아낀다는
게 느껴졌다.

피식 웃어 줬다. 여기저기에서 깨져 피투성이 돼 본 자의
절실함도 보이고 사람도 괜찮은 것 같고 또 인사 노무에 관해
서는 고지식한 면이 필요했다.

마음에 들었다.

"알았어요. 알았어. 저도 고문님 얼굴 보고 믿어 볼게요. 합류하세요. 합류하셔서 지금 우리 회사에서 하는 일 중 법에 저촉되는 게 있는지 확인하세요. 이제 됐죠?"

"그래? 잘 생각했다. 너도 빨리 인사해."

"가, 감사합니다."

"앞으론 대운이를 아니, 장 총괄을 나라고 생각하고 일해라. 다시 경고하는데 대운이 아니, 장 총괄한테 까불다 걸리면 저번처럼 쉽게는 안 끝날 거다. 흘려듣지 마라. 이건 진짜야."

"선배님, 명심하겠습니다. 앞으로 잘하겠습니다. 선배님, 사랑합니다."

"나한테 그러지 말고 장 총괄한테 충성해야지."

"장 총괄본부장님 감사합니다. 절대로 충성하겠습니다……"

좋아서 허리를 굽히면서도 내 뒤를 보며 말을 끄는 모양새가 왠지 할 말이 있어 보였다.

"뭐가 또 있나요?"

"저기…… 이제 막 허락받은 입장에서 이런 말씀드리기 뭐한데. 여직원은 안 쓰십니까? 아무리 둘러 봐도 안 보여서요."

오호라, 첫날부터 일거리를 찾나?

마인드 쩌네.

"뽑을 거예요. 안 그래도 도 실장님에게 뽑으라고 할 예정이었고요. 필요 인원이랑 집기 등을 요청하세요. 다 해 드릴게요."

"알겠습니다. 그렇다면 또 한 가지. 이곳에 계속 있게 되는
건가요? 아님, 다른 곳으로 옮길 계획이 있는 건가요?"

"뭐야?! 여기가 뭐 어떤데?! 이 새끼가 미쳐서 오자마자 사
무실 타령이야! 안 되겠어. 넌 정말……."

이학주가 발끈해서 귀를 잡으려 하자 도종민은 서둘러 손
사래 치며 피했다.

"아닙니다. 아닙니다. 오해하지 마십시오. 선배님. 사무실
을 꾸리려면 머물 기간도 잘 살펴봐야 해서 그런 겁니다. 중
간에 이사하면 돈이 또 깨지니까요. 그래야 어수선하지 않게
잘 정착하잖아요."

"그래? 그런 거야? 장 총괄, 그렇다는데."

"당분간은 여기에서 머물 생각이에요. 건물을 지어서 옮길
지 다른 사무실을 얻을지는 아직 미정이고요."

"아, 그러시군요. 그러면 책상은 세 개만 놓으면 되는 겁니까?"

"음……."

그 생각은 못 했다.

현재 오필승 엔터테인먼트는 나 외 4명의 직원이 있었다.
이제 곧 들어올 도종민과 경리 여직원까지 하면 6명.

그러나 이 작업실은 책상 6개를 넣기엔 너무 작았다.

이학주를 쳐다봤더니.

"내 생각은 안 해도 돼. 사무실도 가까운데 왔다 갔다 하면

되지."

"그럼 도 실장님과 경리분 거 두 개만 놓으세요. 나머진 저기 소파에서 지내죠."

"아……. 그러서도 됩니까?"

"신생 회사라도 인사 노무, 경리만큼은 제대로 격식을 갖춰야죠. 나머진 대충 지내다가 회사 사정이 나아지면 움직이는 거로 할게요. 이대로 가죠."

"알겠습니다. 그럼 마지막으로 봉급은……?"

아차, 가장 중요한 걸 빼먹었구나.

그렇다 해도 너무 모르는 눈빛이라 이학주를 봤더니 자기는 아무 말 안 했다고 한다. 이런 건 원래 사주가 결정하는 거라고.

고개를 끄덕였다.

"오필승 엔터테인먼트는 연봉제입니다. 도 실장님은 실장급인 5백만 원을 받게 될 테고요. 오실 경리분은 2백5십만 원이 책정될 겁니다. 나머지는 직책에 따라 구분될 거고요."

연봉제에 대해 잠시 설명해 줬더니 도종민은 무슨 말인지 알았다며 잘 준비해서 오겠다고 하였다. 이 자리에서 고용 계약을 맺었고 내일부터 출근하겠다며 계속 감사 인사를 했다.

어쨌든 회사 외형이 슬슬 갖춰지기 시작했다. 덕분에 가만히 손만 빨아도 1년 인건비만 6천만 원을 초과하게 되었으나 걱정은 1도 없었다.

조용길 5집이 발매되는 순간 한 방에 해결될 테니까.

도종민이 신나서 돌아가자 이학주와 난 변호사 사무실로
같이 갔다.

"왜 따라오는데?"

"일이 좀 있어서요."

"또 일이 있어?"

"가만히 있으면 뭐 해요. 돈 되는 일은 다 잡아 와야죠."

"뭔데?"

"잘하면 동안제약과 회사 하나 만들 것 같아요."

"동안제약? 거기 혹시 바쿠스 만드는 회사 아니냐?"

"네."

"그럼 그 음료 사업인가 뭔가 진짜 하려고?"

이학주도 포트폴리오를 들었다.

"그럼요."

"허어……. 이 조그만 머리에 뭐가 들었길래 만날 때마다
사고 치냐."

"사고예요?"

"그럼 사고지. 이게 정상적이냐? 넌 원래 지금 흙더미에서
뒹굴고 있어야 할 나이라고."

"몰라요. 아직 결정된 사안은 아니에요. 어제 만나서 불을 질
러 놓긴 했는데 감이 떨어지는 사람이면 다른 데로 알아보고요."

"내 말은 귓등으로도 듣질 않네. 헛 참, 그나저나 동안제약
사장에게 감 떨어진다느니 하는 사람은 대한민국에서 너밖

에 없을 거다."

"계약은 4:3:3 비율로 맞춰 주세요. 오필승 3, 동안제약 3이고요. 자본금은 각 3억씩."

"4는 누구야?"

"유럽에서 올 사람이 있어요. 그 사람에게 오필승이 의결권과 우선 인수권을 밀어준다는 방향을 맞춰 주세요."

"뭐야? 그럼 그냥 다 맡기겠다는 거야?"

"네."

"왜?"

"우리가 유럽에 갈 순 없잖아요. 유럽에서 할 사업인데."

"그럼 그 사람은 어떻게 믿고?"

"유럽 계약서로도 똑같이 해야죠. 가능하죠?"

"일단 방향 잡는 거야 어렵지 않은데. 꼭 이렇게까지 해야겠냐?"

"해야죠. 돈이 막 굴러다니는데."

"아휴~ 내가 말을 말아야지. 알았다. 그렇게 알고 준비는 해 놓으마."

"감사해요. 일 잘 풀리면 소고기 쏠게요."

"쏜다고?"

"사 드린다고요."

"아아, 오케이. 자꾸 일 부려 먹는데 겁나 먹어야지. 한 이틀만 기다려라. 이것저것 고민도 해 보고 다른 것이랑 대조도

해 봐야 최적의 안을 가져오지. 됐지?"

"네, 감사해요."

◇ ◆ ◇

다음 날 출근했더니 도종민이 뽀얗고 곱상하게 생긴 누나를 한 명 데리고 왔다.

설마 애인은 아닐 테고 누군가 했더니.

"인사하거라. 앞으로 우리를 책임지실 장대운 총괄님이시다."

"네?!"

소개하는 투와 놀라는 폼을 보아 하건대 아무래도 경리 후보인 것 같았다.

아무것도 듣지 못하고 온 사람.

어제 경리 여직원이 필요하지 않냐고 물어보더니 아는 사람을 데리고 온 모양이다. 조심히 염두에 둔 사람이 바로 이 누나일 테고.

도종민도 은근 심술보가 있었다. 미리 말해 줬으면 좋았을 텐데 예쁜 누나가 당황한 걸 즐기기라도 하듯 자기가 먼저 내게 죄송하다 인사했다.

"총괄님, 얘가 아직 아무것도 몰라서 그렇습니다. 조금만 이해해 주십시오."

뭘 이해해 달라는지.

옴마야, 피식 웃기까지 하네.

동참해 줄 생각은 없었다.

"이력서는 어디에 있나요?"

"뭐 하냐? 어서 드리지 않고."

"아, 아네."

서둘러 들고 있던 흰 봉투를 내놓는 누나였다.

나는 그걸 들고 내 지정석, 다 해진 소파에 앉아 내용물을 꺼냈다.

이름이랑 주민등록번호랑 주소랑 경력 등등 편지지에 정성 들여 쓴 그간 일들을 살펴봤다.

별것 없었다. 무엇 때문에 이 누나를 선택했는지 나오지 않았고 경력도 거의 1년을 못 버티고 줄줄이 옮기기만 한 터라 이게 뭔가 싶었다.

"나이가 24세라. 이렇게 옮겨 다니기만 했는데 경리 업무는 볼 줄 아세요?"

"아, 그건 걱정 마십시오. 저와 전 회사에서 손을 맞췄는데 확실합니다."

"전 회사라면……."

"저기…… 제가 들이받고 며칠이 안 돼 그만둔 애를 잡아 온 겁니다."

"실장님 따라서 그만뒀어요?"

"아니요. 그게…… 거기 놈들의 손장난이 너무 심해서. 보

서서 아시겠지만, 얘가 한 인물 하지 않습니까. 지나가며 툭
툭 건드리고 도무지 일만 하게 놔두질 않습니다. 제가 있을
때는 막아 주긴 했는데. 그게 참······."

누나를 봤다.

무슨 생각을 하고 있는지 면접 중임에도 단념한 표정이 나
왔다.

도종민을 믿고 나왔는데 '얘도 내 뒤통수를 치네'하고 빨리
이 자리에서 벗어나고 싶은 마음.

나로서도 이런 인력을 둘 정도로 급한 게 아닌지라 이력서
를 덮었다.

"뭐 그렇다 해도 별로 일하고 싶지 않은 눈치인데요. 굳이
시간 투자할 이유가 있나요? 피차 바쁜데."

"예?! 야, 정은희. 너 뭐 하는 거야?!"

"······."

"일어나셔도 됩니다. 도 실장님은 다른 분으로 섭외해 주
세요. 며칠 드릴 테니까 그때도 안 된다면 주변 친인척을 쓰
는 수밖에 없겠죠."

일어나려 했다.

그때 조용길이 유재한과 들어왔다.

"어! 손님이 있었네."

"손님 아니에요. 아! 도 실장님은 아니구나. 도 실장님 이
리 오셔서 인사하세요. 이분은 우리 회사 이사님이시고 이분

은 대표님이십니다."

"네?! 아이고."

벌떡 일어나 달려오다 조용길 때문에 또 놀라 멈칫대고 너무 허둥대어 내가 대신 설명해 줬다.

"어제 이학주 선배님이 모셔 오셨어요. 앞으로 우리 오필승의 인사와 노무를 책임져 주실 분이세요. 조 실장님과 같은 직급이고요."

"아, 그래? 아이고, 만나서 반갑습니다. 조용길입니다. 앞으로 잘 부탁드립니다."

"도, 도종민입니다. 만나 뵙게 되어 영광입니다."

부동자세였다.

"하하하, 이거 너무 긴장하셨네. 저는 유재한입니다. 여기 대표직을 맡고 있긴 한데 사실상 우리 장대운 총괄이 다 하고 있죠. 같이 한번 잘해 봅시다."

"네넵, 감사합니다."

"어! 빨리 왔네."

"여~ 좋은 아침."

"나 출근했어요~."

마침 위대한 탄생도 들어왔다.

왁자지껄.

도종민은 그들과 일일이 눈 맞추고 인사하며 얼굴을 익혔다.

정신없는 가운데 앨범 얘기도 나오고 조용길과 위대한 탄

생이 합주실로 들어가자 유재한이 도종민과 정은희가 있는
데도 어제 일을 말했다.

"5집은 샘플링 작업에 들어갔다. 하루 이틀 있으면 나올
거야."

"우리 로고랑 원하는 디자인은 다 전해 줬죠? 어설프면 퇴
짜 놓을 거예요."

"그건 걱정마라. 내가 단도리 잘해 놨다."

"확실하죠?"

"틀림없이 해 주겠다고 했어. 첫 작업이잖아. 그거 끝나면
바로 생산에 들어갈 거야."

"알았어요. 믿어 볼게요."

"근데 타이틀은 정말 그렇게 가도 돼?"

"그럼요. 본래 하려던 대로 가는 건데요. 전 괜찮아요."

"그래도 네 곡이 너무 뛰어나잖아. 의견이 분분해. 네 곡을
타이틀로 넣어야 한다고."

"누가요?"

"특히 호진이 형이 계속 그래. 네 곡을 타이틀로 안 하면 어
떤 곡을 타이틀로 하냐고."

'친구여' 작곡가가 내 곡을 밀다니.

중요한 작업이긴 했다.

타이틀은 곧 앨범의 얼굴이니까.

타이틀이 어떤 평가를 받느냐에 따라 앨범 판매량이 좌지

우지되니 타이틀 선정은 늘 피 말리는 싸움이었다.

그래서 앨범당 저작권도 타이틀을 절반으로 잡았다.

저작권 수익이 1억이라면 절반인 5천이 타이틀 작곡가에게 가게끔 만들어 놓은 것.

조금 더 쉽게 설명하자면,

본디 창작자에게 주어진 비율이 20인데 여기에서 15가 작곡가, 5가 작사가다. 편곡자가 붙는다면 작곡가의 15에서 5를 떼어 편곡에게 주게 되며 10:5:5라는 비율이 형성되는데.

문제가 뭐냐면,

음원으로 할 때는 간단한 셈이나 앨범으로 뭉뚱그릴 때는 얘기가 달라진다는 것이다.

10이라고 해 봤자 10곡이 들어가면 1밖에 오지 않게 되는 꼴.

이러면 히트곡을 써 놓고도 제대로 대접 못 받는 경우가 생긴다.

그래서 앨범의 타이틀로 정해질 경우 주어질 저작권 비율에서 우선 50%를 가져가게 해 놨다. 활동 곡도 그 비율에 포함되는 형식으로 정해 놔 차후 분쟁의 소지를 줄였다.

즉 유재한의 말은 본래 히트할 '나는 너 좋아'와 '친구여' 외 내가 표절한 '기다릴게요'를 타이틀로 넣겠다는 건데 이 말은 곧 1년 동안 세 곡으로 활동하겠다는 얘기였다.

참고로 페이트 1집에는 편곡자로 현 위대한 탄생 멤버 이름이 들어가 있었다. 나중에 정산한다면 나(작곡가) 10, 나

(작사가) 5, 위대한 탄생 5가 된다.

"일단 본래 계획대로 가시죠. 나중에 팬들의 요청이 있으면 모를까."

"그래? 정말 그래도 돼? 이거 용길이 형 앨범이라고."

"완전히 포기한다는 말은 아니에요. 명곡은 언제 어디서나 드러나게 돼 있으니까요. 방심하지 마세요."

"하하하하, 알았다. 나도 그리 말은 해 둘게. 그러면 그렇게 알고 진행하면 되지?"

"예."

유재한이 방금의 소식을 알리러 합주실로 들어가고 나도 내 일을 보려 움직이는데 누가 또 앞을 가로막았다.

도종민이었다. 정은희라는 예쁜 누나도.

"뭐예요?"

"어서 말해. 까불지 말고."

정은희의 옆구리를 찌른 도종민은 다시 허리를 굽히며 사과했다.

"죄송합니다. 한 번만 더 기회를 주시면 안 되겠습니까? 웬만하면 그냥 보내겠는데 진짜 아까워서 그렇습니다."

"설마요. 실력은 둘째예요. 충성도가 없는 사람을 저는 쓸 수가 없어요."

"아닙니다. 충성하겠습니다. 제가 아무것도 몰라 실수했습니다. 용서해 주십시오. 기회를 주십시오."

여태 한마디도 안 하던 정은희가 허리를 푹 숙였다.

태세전환이라. 조용길을 봐서인가?

그것도 그것인데 생각보다 단단하고 힘 있는 목소리였다. 지성미도 느껴지고.

'이런 사람은 소신이 강한 편인데.'

하지만 나도 만만한 사람은 아니었다.

"전엔 몰라서 대충했고 이제 알았으니 제대로 하겠다? 지금 나랑 장난하세요? 회사 면접이 장난처럼 보여요?"

"전…… 아니, 솔직히 말씀드리겠습니다. 처음엔 무척 황당했습니다."

"웬 아이가 튀어나와서요?"

"넵, 헌데 여기 누구도 아이 취급하지 않는 걸 보고 다시 놀랐습니다. 상의하는 모습만 봐도 동급 혹은 그 이상이었고요. 죄송합니다. 외모만 보고 사람을 판단했습니다. 그게 싫어 수없이 회사를 관뒀으면서도요. 정말 죄송합니다."

다시 허리를 정중히 꺾는 정은희였다.

무슨 일본 드라마틱한 상황인지. 교훈이라도 읊어 줘야 하나?

그래도 하나는 확실했다.

정은희의 솔직함이 내 불쾌감의 상당량을 해소시켰음을.

대신 도종민을 봤다.

"솔직히 나오시니 나도 솔직할게요. 나는 아직 도 실장님도 명확히 받아들인 게 아닙니다. 순전히 고문님의 얼굴 봐서 시작한 거죠. 이분도 똑같습니다. 고문님이 믿는 도 실장님이 믿는 사람이라 면접의 기회를 드린 거예요. 아닌가요?"

"일절 오류 없는 말씀이십니다. 면목 없습니다."

"난 우리 오필승 엔터테인먼트가 어느 회사보다 번듯한 기업으로 성장하길 원해요. 기준 확실히 박고 난잡하지 않게 누구보다 깨끗하게 일구고 싶습니다. 거기에 방해되는 인간은 이 세상에 태어난 걸 후회하게 해 줄 생각이에요. 내가 여기서 있는 게 노는 게 아니라는 겁니다."

"죄송합니다. 다 제 불찰입니다."

도종민까지 허리를 굽히자 나도 이 이상은 몰아댈 수 없었다.

익숙하기도 했고, 이런 유의 트러블은 내게 거의 일상이니까.

일곱 살짜리가 나서는 걸 보면 고까워하는 사람들이 은근 많았다.

"좋아요. 마지막인지 혹은 첫 번째로 두 분께 지시를 내리겠어요. 들어도 좋고 안 들어도 좋습니다. 하시겠어요?"

"말씀하십시오. 뭐든 최선을 다하겠습니다."

"……."

"일단 저에 대해 공부해 오세요. 일일이 설득하기도 싫고 그럴 여유도 없습니다. 난 내 길을 도와줄 사람을 원하고 두 분이 그것에 해당하지 않는다 판단되면 가차 없이 자르겠습니다. 하시겠습니까?"

"……."

"……."

"하겠습니다."

"저도 하겠습니다."

"그럼 뭐 하세요? 안 나가시고."

"네? 아, 넵."

"예."

후다닥 나갔다.

나갔지만. 나간다고 달리할 수 있는 일은 없었다.

난감해 하는 도종민과 자기 때문에 어려운 길을 가게 된 도종민에게 미안한 정은희.

"죄송해요. 저 때문에."

"아휴~ 그러길래 내가 예의를 다하라고 했잖아. 이놈아."

"죄송해요. 너무 놀라서."

큰 문제였다.

푹푹 한숨을 내쉬는 도종민의 옷깃을 정은희가 붙잡았다.

"정말…… 죄송해요."

"내가 참. 널 데리고 뭘 하는지. 여하튼 기회가 사라진 건 아니니까 할 생각이면 열심히 해 보자."

"예?"

"따라와. 할 거면 너도 명심해. 이게 마지막 기회니까. 그래도 그냥 죽으라는 건 아닌지 길은 열어 주셨잖아."

무슨 얘긴지 도통 감이 잡히지 않는 정은희를 데리고 도종민은 이학주 변호사 사무실로 향했다.

지금 의탁할 곳은 그곳밖에 없었다. 물론 된통 혼날 일은
부록이다.

이렇게 도종민 정은희가 갈기를 잔뜩 세운 이학주에게 온
갖 욕을 퍼먹고 있을 때 난 위대한 탄생의 연주를 듣다 집으
로 일찍 복귀했다.

할 일이 산적했다.

일일학습, 동안제약 컨설팅.

"무조건 관철시켜야지."

쥐뿔도 모르는 것들을 상대로 눌린다는 건 있을 수도 없는
일이다.

컨설팅이란 결국 설득.

선택은 클라이언트가 하겠지만, 또 그 책임 또한 그가 지겠
지만, 컨설팅에 임하는 자의 관점은 전혀 달랐다. 반드시 클
라이언트를 내가 설계한 길에 오르게 해야 하고 그로서 또 성
공의 맛을 보여 줘야 했으니.

이게 컨설턴트의 존재 의의였다.

그렇게 봤을 때 일일학습의 김영현과 동안제약의 강신오는
앞날에 닥칠 고난에 대해선 거의 백지상태나 마찬가지였다.

"어떻게 하면 잘 알아듣게 설명할까."

또 어떻게 하면 내가 끄는 대로 오게끔 목줄을 매달까.

간지러운 곳을 살살 긁어 주다 화룡점정 급소를 찍을 무언

가를 떠올리며 그림을 그렸다.

저녁이 되어 조형남이 오면 그가 전지에 옮겨 적길 반복, 다시 이틀이 더 지났다.

첨언인데.

이때 도종민과 정은희는 대구까지 내려가 지천호 교수와 면담했다고 한다. 내가 살던 동네, 집을 순회했고 일대기를 정리했으며 그러고 나서야 돌아와 차분한 눈길로 내 앞에 섰다.

가감 없이 직시하는 눈빛에 난 합격 도장을 찍었고 운영비 1천만 원을 받은 두 사람은 오필승 엔터테인먼트의 살림을 꾸리기 위해 동분서주 신나서 돌아다녔다.

마음에 들었다.

생각보다 괜찮은 사람이 들어온 모양이다.

"왔어? 근데 오늘 좀 예민하더라. 큰소리 나올 수도 있어. 알았지? 마음 단단히 잡아."

지군레코드로 들어서는데 조용길이 나를 잡았다.

오늘은 페이트 1집 녹음 날.

"왜요?"

"패틴 김 누나랑 이민자 누나가 지금 장난 아니야. 건들면 터질 것 같아."

"누가 자꾸 쨍쨍대요?"

"어! 너 어떻게 알았어? 이민자 누나 별명이 쨍쨍이인 걸. 아차, 이건 누나 앞에서 말하면 안 된다. 되게 싫어해."

"알아요. 원래 쩅쩅이가 쩅쩅이라 말하면 더 싫어하는 거."

"하하하하, 그래, 여하튼 잘해 보자. 나도 연습 많이 했다고."

"들어 볼게요."

인사는 필요 없었다.

총성이 울리는 순간 튀어 나갈 준비가 끝난 병사 앞에 미사여구는 결국 미사여구일 뿐.

긴장감이 돌든 그걸로 밥을 말아 먹든 내 알 바 아니다.

녹음실에선 내가 '갑'.

눈치가 어떻게 흐르던 신경 쓰지 않고 위대한 탄생에 콜 사인을 줬고 드럼이 신랄한 시작을 알리자마자 노래가 시작됐다.

첫 타자는 패틴 김이다.

그녀가 자기 나름대로 해석한 곡조가 그녀 특유의 큰 제스처와 함께 나왔다. 70세가 돼도 자기 관리 끝판왕인 패틴 김의 젊은 시절은 이렇게 말하면 어떨지 모르겠지만, 가히 탈동양 급이었다. 순간 비욘세의 'Single Ladies'를 줄 뻔할 만큼 가히 압도적인 피지컬.

물론 다 듣지는 않았다. 아무리 패틴 김이라도 안 어울린다 싶으면 컷.

"다음이요."

"뭐?"

황당해하든 말든 위대한 탄생은 다음 곡 연주를 시작했고.

컷 또 컷.

"이제 됐고요. 다음 가수분 준비하세요."

노래와 매력이라면 둘째가 되고픈 마음이 없는 패틴 김이라도 도무지 배려라곤 1도 없는 일곱 살짜리 프로듀서 앞에 선 방법이 없었고 이민자마저 들어오며 빨리 나가라고 눈치를 줬다.

물론 그녀도 몇 음절 듣지도 않고 컷.

"다음이요."

"나도?"

네네.

또 컷, 또 컷.

"다음 가수분."

인순희도 윤신애도 컷은 마찬가지였다.

기본적으로 이들 모두 소양이 부족했다.

지난 사흘간 무엇을 연습한 건지는 몰라도 덕지덕지 붙은 틱만 처리해도 한 달이 훅 지나갈 것 같았다.

'아무래도 내 예리한 조각도가 칼춤 한 번 춰야 할 것 같은데.'

그래도 다행인 건 음색만 두고 봤을 땐 어느 정도 가시적인 성과가 있었다.

"이민자 선배님은 이 곡이 어울릴 것 같네요."

타케우치 마리야의 Plastic Love.

이민자 특유의 청아한 음색이 음울한 도시 분위기와 만나 묘한 매력으로 승화되는 걸 캐치했다.

"패틴 김 선배님은 이게 어울릴 것 같네요."

My heart will go on. '내 마음은 변치 않아요'를 찍었다. 타이타닉의 OST.

가창력을 자신한다면 셀린 디온이 될 때까지 조각도를 놀릴 생각이었다.

인순희는 A Whole New World 알라딘의 OST를, 윤신애는 Take My Breath Away 탑건의 곡을 지정해 주며 선정은 끝.

내 선택이 의외라는 낯빛도 있었고 마음에 든다는 표정도 있었으나 이도 다 무시해 줬다. 곧바로 조용길과 위대한 탄생에게 못 박으며 다른 선택지를 일체 차단했다.

"이분들 곡은 이렇게 정하죠."

"알았어. 근데 '완전히 새로운 세상'은 듀엣곡 아니야?"

알라딘 OST다.

"맞아요. 하지만 인순희 선배님 목소리에 참을 수 없는 판타지가 있네요. 팝도 들었고. 목소리가 깨끗하면서도 단단한 남자 솔로가 있으면 딱 어울리겠어요."

"들었지? 인순아."

"예, 오빠."

"이봐라. 대운이도 그러잖아. 내가 전에 트로트에 너무 목매지 말라고 했잖아. 네 목소린 팝이 어울린다고."

"감사해요. 열심히 할게요."

"그래, 잘해 봐. 대운이한테 잘 보이면 음반 내줄지 또 어떻게 알아."

"자자, 잡담은 그만. 다시 시작해 볼까요?"

시작은 했다.

"……."

미리 말하지만, 각오도 했다. 제아무리 증명된 옥석이라도 어떤 작품으로 승화시키는 건 전혀 다른 차원의 문제이고 걸맞은 품이 들어가는 것 정도는 알고 있었다.

그러니까 그 작업이 이 정도로 난해한 일일 줄은 몰랐다는 게 함정이었다.

'그냥 조용길한테 다 줄 걸 그랬나?'

피곤했다.

이들은 콧대가 단단했다. 라이벌이 지켜보는 가운데라 더 예민했다.

옥석은 치면 깎이고 반항은 안 하건만 이민자, 패틴 김은 아무리 쳐내도 변할 생각이 없었다.

좋게 말했다간 앨범이 산으로 갈까 싶어 나도 침을 놓기 시작했다.

"아니, 아니요. 그 부분은 힘 빼서야죠. 노래 자랑하려고 온 자리가 아니잖아요. 자꾸 힘만 주면 어떡해요. 강약 조절 모르세요? 네네, 거기에선 피리 소리가 이어지듯 부르셔야죠. 목소리를 조금만 가늘게 내주세요. 여리여리하게."

"거기서 왜 꺾기가 나와요. 밀기는 왜 해요? 이 곡이 트로

트예요? 도시 감성이 없잖아요. 그 창법이 이 감성이랑 맞아요? 비브라토도 하지 마세요. 동요 부르듯 한 음 한 음에 집중하세요."

"자꾸 웅장하게 부르시려는데. 이건 사랑 노래라고요. 자기를 대신해 죽은 연인을 생각하며 일편단심을 찍는 건데 어째서 대서사시가 나와요? 일리아드 오디세이가 아니잖아요. 그냥 사랑하는 님에 대한 다짐과 맹세. 고마움을 표현하세요. 선배님은 사랑을 그런 식으로 하세요?"

"실처럼 자꾸 이을 생각 말고 툭툭 내뱉듯 던지세요. 불 꺼진 집에 혼자 들어갈 때 느낌 몰라요? 그때의 황량함을 기억해서 불러 보세요. 예예, 이 곡은 그런 곡이에요. 그러나 또 희망의 불씨를 끄지는 말고요. 제가 선배님 목소리를 택한 건 그 때문이에요. 담담히 부르세요. 제발 좀 징징대지 말고 담담히."

셀린 디온의 My heart will go on, 타케우치 마리야의 Plastic Love가 패틴 김과 이민자에게는 무리였던가?

이 곡들을 우워어~ 손짓 발짓해 가며 장엄하게 부르고 또 징징대면 누가 들을까.

곡의 감성은 생각 않고 자기 스타일대로만 부르려고 하였다.

'이거 안 되겠네.'

나도 좋게 좋게 즐거운 녹음 시간이 됐으면 좋겠다. 가뜩이나 큰 고모뻘인데 얼굴 붉힐 필요가 있나?

그러나 이젠 안 된다.

교만인지 자부심인지 모를 것이 아우라처럼 일어나 녹음실을 침식하고 곡을 오염시키고 프로듀서의 말조차 튕겨 낸다.

가요계에서 누구도 터치하지 않는 반열들이라는 건 인정하지만.

여긴 내가 절대자인 곳.

'나의 도전 의식을 고취시키는 능력이 있어.'

딱 끊었다.

음절, 음절마다 끊어 가며 자기 멋을 살리지 못하도록 잘랐다.

아무리 잘 불러도 Stop.

그렇게 한 땀 한 땀 조각을 모아 겨우 완성.

이전 것과 비교하며 들려줬다. 자기 노래가 얼마나 바뀌는지 얼마나 더덕더덕 더럽고 무거운 것이 붙어 있었는지 스스로 느끼게끔 말이다.

"어머! 이게 이렇게 차이나?"

"어머머머, 이렇게 부르는 게 훨씬 더 좋잖아."

그제야 고개를 끄덕이며 내 말에 귀 기울였다. 영 나가리는 아닌지 한번 수긍하니 다음은 일사천리.

일이 조금씩 풀리자 조용길이 어깨를 툭 쳤다.

"어때?"

"다행이네요. 뛰쳐나오진 않을까 걱정했는데."

"그 곡을 받고 뛰쳐나오면 가수 자격이 없지. 자기들이 언제 이런 곡을 받아보겠어?"

"혹시 그 말을 저분들에게 한 거예요?"

"그럼 다 했지. 해야 널 얕보지 않잖아. 나랑 친구들의 인정을 한몸에 받고 있는데 곡도 쓸 줄도 모르는 까막눈이 무시하면 안 되지. 사실 너한테 뭐라 하는 순간 잘라 버릴 생각이었어."

"예?!"

옴마나.

"가수는 많아. 찾아보면 더 좋은 가수도 많을 거야. 그러니까 네가 원하는 대로 밀어붙여. 뒤는 내가 받칠게."

"……."

"미리 말 안 해서 미안하지만 내가 저 누님들을 데려온 이유는 하나밖에 없어. 페이트 1집에 권위를 싣기 위해서야. 다시 생각해 보면 그것도 사족인 것 같긴 한데. 그때는 그랬어. 무조건 띄우고 보자."

일리 있었다.

조용길, 이민자, 패틴 김 같이 이름값이 빵빵한 이들을 한데 모은 앨범이라면 호기심에라도 들을 테니.

"그래서 뒤에서 지켜보고 계셨던 거예요? 어디 안 나가고. 경호원같이?"

"그럼. 눈 하나 잘못 뜨면 바로 빼 버릴 생각이었다니까. 어디서 너한테 눈을 부라려. 절대로 가만 안 두지."

"저 누님들이랑 서로 친한 거 아니에요?"

"친하긴 한데. 작업은 달라."

이도 맞는 말이었다.

인간적으로 친한 것과 프로가 일하는 자세는 엄연히 달라야 했으니.

왠지 든든했다.

누군가가 전적으로 내 편을 들어준다는 건 아무리 많아도 부족한 것이니.

조용길을 등에 업은 내 일갈이 녹음실을 진동시켰다.

"자, 지금까지 익힌 걸 내일까지 연습해 오세요. 녹음했으니까 가져가셔서 비교, 연구해 주시고요. 오늘보다 내일이 기대됩니다. 어서요. 어서 나가세요."

패틴 김과 이민자가 순순히 녹음실 밖으로 나가자 이번엔 한쪽 구석에서 음울한 분위기를 풍기던 윤신애를 불렀다. 가라는 패틴 김과 이민자는 돌아가지 않고 녹음실 한쪽 귀퉁이에 떨어져 앉았다. 마치 녹음을 다 듣고 가겠다는 듯이.

탑건의 Take My Breath Away 담당인 윤신애는 왜소한 체구였다. 바통 터치한 패틴 김에 비하면 더더욱.

그러나 딱 들어가는 순간 분위기가 싹 바뀐다.

놀라운 집중력.

무대 밖에서는 있는 듯 없는 듯 얌전한 사람이 마이크를 쥐자 전혀 다른 사람이 되었다.

역시 윤신애!

거부할 수 없는 한국 가요계의 마녀 본좌.

공식 데뷔가 1978년 10월 '난 모르겠네'나 1974년에 이미 영화 '별들의 고향'에서 '나안 그런 거 모올라요~'라고 유명한 '열아홉 살이에요'의 주인공이었다.

물론 그때의 음색과 지금의 음색은 천양지차긴 한데.

독특한 퍼포먼스, 튀는 무대 스타일, 본인 스스로 풍기는 매력은 세계 누구와 견주어도 뒤지지 않았다. 이름값에서 어쩔 수 없이 패틴 김, 이민자에 살짝 밀리긴 했지만 절대로 무시해서는 안 될 인물이었다.

"좋아요. 좋아요. '열아홉 살이에요'와 현재의 중간쯤으로 음색을 잡아 보죠. 네네, 성숙한 여인이 멋진 남성에게 고백하는 거예요. 너무 진해서도 또 너무 가벼워서도 안 돼요. 배경은 하늘을 나는 전투기를 생각해 보세요. 공군 사관학교. 거기 생도가 아주 잘생겼어요. 바이크를 몰고 오죠. 안 그러려고 하는 데도 자꾸 끌리는 거예요. 사랑을 느끼고 그 가운데 우정도 있죠. 조금은 웅장하게 다가가도 괜찮아요. 그렇죠."

비교적 잘 찾아갔다.

기본적으로 팝 기반이라 약간의 터치에도 기민하게 움직였다.

하지만 전후 비교만큼 현재의 포지션을 잘 보여 주는 것도 없어 이민자, 패틴 김처럼 두 가지 버전으로 녹음테이프를 만들어 공부해 오게 하였다.

그녀도 개인 7집이자 지군레코드에서는 1집인 '공부하세요'를 녹음 중이라 시간이 많았다.

하지만 그녀도 역시 돌아가지 않고 한쪽에 앉아 대기하였다.

다음은 인순희였다.

알라딘의 A Whole New World 담당.

1978년 3인조 걸그룹 희자매로 데뷔, 제법 인기를 끌다가 1981년 솔로로 전향한 사람이었다. 그러나 튀는 외모로 더 튀는 사람.

80년대 들어 조금은 옅어지긴 했다지만, 이때 한국 정서는 혼혈을 튀기라 부르며 터부시한 경향이 있었다. 안 그래도 단일민족 코스프레를 잔뜩 씌우고 있는 판에 생김새가 다르다는 건 이유 없는 폭력에 노출된 거나 마찬가지였고 나도 또한 거리를 지나며 혼혈한테 손가락질하는 어른들을 많이 보았다. 민족의 순수성을 훼손하니 뭐니 하는 술 취한 무개념의 말을 말이다.

그런데 웃기는 건 백인 혼혈은 그나마 덜하다는 점이었다.

백인처럼 영어를 써 주면 더 끔뻑.

흑인 혼혈은 무슨 더러운 냄새라도 나는 것처럼 피하거나 괴롭혔고.

지금 인순희의 표정이 그랬다. 정체성이 혼란스러운 사람. 누가 자기를 쳐다보는 것 자체가 부담스러운 사람. 그러면서도 이 길을 또 놓지 못하는 사람.

훗날 대한민국을 대표하는 디바로 불리게 될 여인이, 그야

말로 '거위의 꿈'이 될 가수가 지금 내 앞에 있었다.

나중에 탈세 문제로 명예가 크게 훼손되지만 어쨌든 지금은 지난 5월에 낸 4집 타이틀인 '밤이면 밤마다'가 슬슬 반응을 보이는 추세라 기운이 좋았다. 나도 만나고 말이다.

"아니요. 아니요. 이걸 그렇게 국어책 읽듯 하면 어떻게 해요. 소리 지른다고 그게 노래예요? 조금 더 상상력을 불어넣어 보세요. 평생을 집안에서 억압만 받던 소녀가 어떤 계기로 큰 세상을 본 거예요. 그래요. 마법의 양탄자를 타고 날아다니는 거예요. 그 마음이 어떨까요? 그 기분이 어떨까요? 자유롭지 않을까요? 소름 끼치지 않을까요?"

그녀의 삶이 A Whole New World과 더불어 시너지를 일으켰으면 좋겠다.

그녀도 물론 똑같이 녹음된 테이프를 손에 쥐어 녹음실에서 내보냈다.

겨우 쉴까 하는데.

뒤로 지군레코드 사장이 서 있는 게 보였다.

언제 왔지?

"오셨어요?"

"아, 그래."

"처음부터 보셨어요?"

"아, 저기…… 보려고 그런 건 아닌데. 하하하, 이것 참……."

그가 나한테 쩔쩔매는 모습을 보고 패틴 김, 이민자, 인순희, 윤신애가 더 놀란다.

"괜찮아요. 어차피 여기에서 녹음하잖아요. 사장님은 볼 자격이 있어요."

"그래? 하하하하하, 아! 내 정신 좀 봐. 여기. 샘플 나왔어."

샘플링은 조용길 5집의 본격 생산 전, 인쇄는 제대로 됐는지 음질은 제대로 나왔는지 마지막으로 하는 검토 작업이었다.

일단 노래가 제일 중요하니 틀어 봤다.

1번 트랙부터 마지막 트랙까지 괜찮았다. 어디 튀는 곳도 없고. 그런데,

"이건 뭐예요?"

"뭐?"

"여기에 왜 지군레코드 로고가 들어가 있죠? 지군레코드가 제작하는 거예요?"

"아니지. 이게 왜 여기 들어가 있지?"

그럼 누가 알아?

"여기 우리 로고도 색이 이상하잖아요. 왜 보랏빛이 강하죠? 파란색이잖아요. 분명 정확한 색을 드린 거로 알고 있는데."

참고로 오필승 엔터테인먼트의 로고는 미래의 오성그룹이 가져갈 CI를 그대로 차용했다.

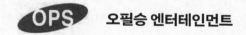

오필승 엔터테인먼트

어차피 오성그룹은 현재 로고로 '五星'이라고 대문짝만하게 쓸 때였고 이 시기는 기업 브랜드에 누구도 관심이 없었다.

시비 걸 사람이 없다는 것.

상표권 출원이 완료된 건 아니나 먼저 썼다고 뭐라 할 사람도 없었다.

그런데 나름 신경 쓴다고 표절한 로고를 색도 틀리고 우측 상단에 떡하니 지군레코드가 박혀 있으면 누가 좋아할까.

"아, 미안. 내가 금방 바꿔 올게. 난 그냥 나오자마자 보여 주고 싶어서 달려온 건데."

민망한지 서둘러 나가려는 그를 잡았다.

"오신 김에 녹음이나 더 듣고 가세요. 몇 곡 안 남았어요."

"……."

"그게 급한 것도 아니고 고치기만 하면 되는 거잖아요. 작업자가 습관적으로 넣었겠죠. 안 그래요?"

"그, 그렇지? 그럼 조금 더 듣고 갈게. 노래 너무 좋더라."

내가 그를 잡은 이유는 좋은 생각이 하나 떠올라서였다.

현재로선 오필승은 안 되고 지군레코드는 되는 것들.

그 수많은 것 중 지금 상황에 아주 적합한 툴이 그에게 있었다. 녹음부터 빨리 끝내고 용건을 말해야지 하는데.

예상치 못한 허들이 또 튀어나왔다.

조용길이었다.

그가 들어간 후 녹음이 미로에 빠져 버린 것.

"아니요. 그렇게 부르면 안 돼요. 아아, 이건 너무 짙은 감성이 문제예요. 곡이랑 안 어울려요. 달달한 로맨스에 자꾸 끈적한 멜로가 섞여요."

너무 무겁고 또 너무 급격하였다.

무엇보다 자유롭지가 않았다. 아무리 좋게 표현해도 조용길 특유의 감성이 곡의 진행을 방해했다.

물론 난도질해 덜어 낼 수는 있으나 그랬다간 조용길이 조용길이 아니게 된다.

'어떡하지?'

기갑 창세기 모스피다는 쉽게 넘어갔다.

더티댄싱 The time of my life의 남자 파트까지도 그런대로 봐 줄 만했다.

그런데 칵테일의 Don't Worry Be Happy에서부터는 도무지 앞으로 나가질 못했다. 이 노래는 주머니에 한 푼도 없는 동네 백수가 오히려 한 푼도 없어 너무 행복하다는 내용을 담고 있는데.

그가 부르면 어떻게 해도 빈대떡 신사가 된다. 억울함이 물씬 풍겨 나왔다.

그다음도 문제였다.

인어공주의 Under the Sea. 그다음 곡은 라이온 킹의 Can You Feel The Love Tonight이었다.

발랄하고 신나는 축제의 노래와 따뜻한 사랑 노래가 조용길의 목젖을 사정없이 쳐 댔다.

스팅의 shape of my heart만 박수갈채가 나오고 나머진 불합격.

이대로는 안 된다.

대화가 필요했다.

조용길만 따로 불러 아무도 없는 곳으로 갔다.

"아저씨."

"응⋯⋯."

벌써 침울하다.

"제가 아저씨 좋아하는 건 아시죠?"

"⋯⋯알아."

"단도직입적으로 말할게요. 죄송한데 두 곡만 하시는 건 어떠세요?"

"미안⋯⋯하다."

사과 또한 너무 절절.

기죽이는가 싶어 서둘러 그의 손을 잡았다.

"아니에요. 아니에요. 이건 전적으로 제 잘못이에요. 아저씨를 배려한 곡이 없었잖아요."

"아니야. 솔직히 말해 나도 부르면서 한계를 느꼈다. 네가 무슨 말을 하는지 알겠는데도 표현이 안 돼. 자꾸 겉으로만 맴돌고."

"아저씨⋯⋯."

"네 말이 옳아. 더 나아가 봤자 곡만 망가뜨려. 이게 어떤 곡인데 내 욕심으로 망가뜨릴까. 이건 다른 사람이 불러야 해."

그의 말이 맞았다. 창법이 바뀐다고 해결될 일이 아니었다.

사람이 달라야 했다.

자유로운 사람이 와야 했고 사랑 노래를 주로 부르는 사람이 와야 했다.

여기에 조용길은 없었다.

가왕이라도, 온갖 장르를 다 섭렵했더라도 전문 분야는 엄연히 존재했다.

"저도 그런 생각이라서 멈췄어요. 더 간다면 어떻게든 가긴 하겠는데 오히려 아저씨를 망치는 길 같아서요. 제가 이런 말을 하는 이유를 아시죠?"

"안다. 근데 좀 씁쓸하네. 내가 곡을 빼앗기다니."

늘 최고로 받는 입장일 텐데.

"죄송해요."

"아니다. 네가 앨범 하나만 낼 게 아니라면 다음에도 기회도 있겠지. 안 그래?"

날 달래 주려고 편하게 말해 주긴 하는데 속은 시커멓게 타 들어 갈 것이다.

나도 계속 감추는 건 아닌 것 같아 2집 계획을 살짝 말해 줬다.

쑥덕쑥덕.

"그래? 알았다. 이거 시티팝 공부를 좀 해 놔야겠는데. 미안하다. 내가 능력이 좀 부족해서 널 걱정시켰네."

"아니에요. 색깔의 문제잖아요. 파란색이 빨간색이 될 수는 없듯 색마다 쓰임새가 다르듯 아저씨도 다른 것뿐이에요."

"그런가?"

"이 곡이 하필 다른 색인 거죠. '내 마음의 형상'만 해도 얼마나 대단해요. 아저씨 잘못이 아니에요. 옳게 선정해 드리지 못한 프로듀서 잘못이죠. 죄송해요."

"아니다. 나 신경 쓰지 말고 진행해라. 사실 '기다릴게요'만으로도 아주 큰 걸 받았어. 내가 괜한 걱정을 시켰어."

조용길이야 차차 달래 주면 될 테고 다시 녹음실로 돌아갔더니 모두가 조심하는 표정으로 우릴 보고 있었다.

이해했다.

좋은 얘기가 오갈 리 없었으니까.

나도 굳이 숨길 생각은 없었다. 그렇다고 또 일부러 꺼낼 생각도 없어 바로 지군레코드 사장에게 갔다.

"사장님이 이번 앨범 어때요?"

"으응?"

"쭉 들어 보셨잖아요. 듣기에 좋아요? 나빠요?"

"그야…… 좋지. 엄청 좋지. 내가 제작하고 싶을 만큼."

최고라는 표정이다.

오케이.

"많이 팔릴 것 같아요?"

"그건…… 좀 솔직히 계산이 안 되네. 조용길이 이름이라면 몰라도 신인이잖아. 홍보가 엄청 들어가야 할 것 같긴 하다."

나도 동의.

제아무리 좋은 곡도 사람들이 듣지 않으면 황이다.

"그럼 못 도와주시겠네요."

"으응? 그게 무슨 소리야?"

"별로 홍보할 생각이 없거든요."

판매보단 선점이 목적이라.

"말도 안 돼. 이런 곡을 왜 묻혀 둬? 그럴 거면 나한테 맡기는 게 어떠냐?"

"아니에요. 그냥 간단하게 1만 장만 찍어 볼 생각이에요. 이건 도와주실 수 있어요?"

조용길 5집은 선주문만 10만 장이었다.

"겨우 1만 장?"

"그 정도면 되죠. 신인인데."

"대운아."

"예."

"그러지 말고 제대로 해 보자. 내가 방송사 PD들 죄다 데려올게. 걔들도 듣는 순간 무조건 오케이 할 거야. 응?"

"아니요. 그거 말고 가수가 좀 필요해요."

"가수?"

"재즈에 경험이 있거나 블루지한 성향의 사람이 필요해요.

뭐 애드리브 막 지르는 사람도 좋고요. 노래하다가 흥에 겨워 자기 맘대로 부르는 사람들 있잖아요. 그런 사람 없어요?"

"갑자기 그런 얘길하면⋯⋯."

"어! 내가 그런 사람 알아."

이민자였다.

"아세요?"

"알아. 예전 공연할 때 내 앞 순서에 있던 애인데 노래를 잘 해. 내가 뭐라고 해서 지금은 박자에 딱딱 맞추긴 하는데 원래 자기 멋대로 막 부르던 애야. 그런 사람 찾는 거 아냐?"

"맞아요. 한 번 볼 수 있을까요?"

"알았어. 내가 전화해 볼게. 괜찮은 애야."

"감사해요."

의외로 적극적으로 나선다.

조그만 놈이 이래라저래라 해서 기분 나빠할 줄 알았는데.

도와줄 줄이야.

이민자가 나가자 지군레코드 사장도 가만히 있을 순 없었는지 근처에 있는 전속 가수들을 죄다 소환했다.

순식간에 20명에 가까운 얼굴들이 모였는데 나민이 그 속에 있었다. '빙글빙글', '인디언 인형처럼'을 부른 한국형 프리마돈나.

옳거니.

더티댄싱 The time of my life에 조용길과 듀엣 할 여자 가수가 필요했는데 그녀의 음색이라면 충분히 먹힐 만했다.

일단 속으로 픽.

하지만 다른 사람들은 내가 원하는 방향성이랑 많이 달랐다.

훗날 SM의 아버지가 될 이순만도 있었고 '영일만 친구'의 최백오도 있었고 '갈대의 순정'의 박인남도 있었고 다들 좋긴 한데 내 곡이랑은 어울리지 않았다.

그래도 불러 준 성의가 있어 그냥 이 중에서 가려 뽑아야 할까 고민 정도는 해 봤다. 그때 뒤늦게 두 사람이 더 들어왔다.

그중 한 사람이 눈에 확 띄었다.

조그맣고 시커멓고 빼짝 말라 눈만 껌뻑대지만, 분명히 아는 사람이었다.

쌍둥이 가수 '수와 준'.

나머지 한 사람은 어디에 두고 왔는지 몰라도 '파초'를 부른 그 가수다. 당시 막강한 인기를 끌던 소방차를 누르고 신인가수상을 거머쥔 가수.

순식간에 퍼즐이 맞춰지는지라 앞으로 다가갔다.

"형도 여기 소속이에요?"

"어, 그게……."

"뭐 해. 어서 대답하지 않고."

지군레코드 사장이 나서자 같이 온 사람이 대신 답해 줬다.

"산수는 오늘 모임이 있다고 해서 구경이나 하라고 제가 데려온 겁니다. 아직 가수 지망생이에요."

안산수구나. 동생은 안산준이고.

오케이. 그 손을 잡아 이끌었다.

"형, 여기 와서 노래 좀 불러 보실래요?"

"네? 으응? 갑자기?"

"뭐 해. 대운이가 하라잖아. 어서 불러 봐."

지군레코드 사장이 또 나섰다.

나로서도 그가 나서 주는 게 편했다. 설득의 시간을 거칠
필요 없으니.

"그게……."

"아무거나 자신 있는 거 불러 봐. 대운이가 뽑으면 우리 전
속 가수 시켜 줄게."

"예?!"

"부르라니까. 여기 온 사람 중에 네가 대운이 눈에 든 첫 가
수라고. 널 뽑은 이유는 잘 모르겠는데 하여튼 불러 봐. 대운
이가 오케이 하면 내가 약속하고 계약해 줄게."

"정말이에요?"

"그래, 인마. 어서 해 봐."

"아, 알겠습니다."

메고 온 기타로 얼른 부른 노래가 바로 에디 래비트 I Love
A Rainy Night였다.

에디 래비트는 1970년 로큰롤의 황제 엘비스 프레슬리에
게 Kentucky Rain이라는 곡을 주며 작곡가로서 이름을 날리

게 된 사람인데.

안산수가 선택한 I Love A Rainy Night는 흥겨운 컨트리팝 기반으로 1981년 빌보드 차트에서 2주간 1위를 한 전력이 있는 곡이었다.

성악 기반의 영롱하면서도 단단한 목소리가 단숨에 주변 분위기를 휘어잡자 지군레코드 사장은 '이거 물건인데'라는 표정을 지었고 다른 가수들도 놀란 건 마찬가지였다.

나도 같았다. 드디어 A Whole New World의 나머지 조각을 찾았다. 인순희와 함께 할 파트너.

"오케이. 계약하죠."

"예?!"

"사장님, 전속 가수 계약부터 맺으세요. 다음에 우리랑 계약할게요."

"알았다. 박 군아, 전속 계약서 가져와라."

얼떨떨한 모습으로 끌려가는 안산수를 두고 이번엔 나민을 잡았다.

"누나랑도 하고 싶은데 어떠세요?"

"으응? 나?"

"저기 뒤에 있는 분들 보이세요?"

조용길과 패틴 김, 인순희, 윤신애를 가리켰다.

"저분들이 다 모여서 앨범 하나 만들거든요. 누나도 참여했으면 좋겠어요."

"뭐야? 나민이도 뽑을 거야?"

"용길이 아저씨랑 듀엣으로 잘 섞어 보면 될 것 같아요. 음색이 좋잖아요."

"넌 들어 보지도 않고 어떻게 아냐?"

"알죠. 제가 누군데요."

"쳇, 알았다. 나민아."

"예, 사장님."

"저기 들어가서 대운이 시키는 대로 잘 따라 해 봐라. 알았지?"

"아, 예. 사장님."

나민도 얼떨떨하게 멤버에 포함되는 중 두 사람이 또 문으로 들어왔다.

"사장님, 저 홍입니다. 오늘 회식하십니까? 왜 이렇게 사람이 많지?"

"어! 왔어. 네가 웬일이냐."

"신인 가수가 있어서 인사드리러 왔죠. 곧 1집 발표인데 얼굴은 아셔야죠. 어서 인사해."

"안녕하십니까. 이문셈입니다."

옴마야, 저 비쩍 마른 말상은 누구냐.

내가 속으로 놀라든 말든 지군레코드 사장은 찾아온 '홍'이라는 젊은 사람을 헤드락하더니 이쪽으로 끌고 왔다.

"인사해 인마. 앞으로 대한민국 가요계를 씹어 삼킬 분이시다. 잘 모셔야 해."

"예?"

"대운아, 이 조그만 놈이 LP 하나는 기가 막히게 잘 만든다. 내가 몇 번 데려오려 했는데 서라빌이 좋다나 뭐라나. 알아 둬서 나쁠 게 없는 놈이다."

"안녕하세요. 장대운입니다."

"어, 으응, 안녕."

떨떠름하게 인사하는 그보다 난 이문셈이 훨씬 급했다.

잔뜩 쪼그라져 한쪽에 서 있는 그에게 다가갔다.

"형, 오늘 노래 하나 해 볼래요?"

"……?"

무슨 얘길 하는 건지, 대답도 못 하고 아니, 귀에 들리지도 않는지 멀뚱대는 이문셈이었다.

결국 또 지군레코드 사장이 나섰다.

"야!"

"아, 넵."

"대운이가 묻잖아. 노래 하나 해 볼 거냐고."

"아, 그게……."

이문셈이 홍이라는 남자를 봤다.

지군레코드 사장은 대번에 한마디 했다.

"창구야."

"예, 사장님."

"내가 서라빌에게 전화해 놓을 테니까 애 좀 빌리자. 되지?"

"아이, 그럼요. 오늘도 인사드릴 겸 일부러 왔는데요. 실력을 보시면 더 좋죠. 문셈아, 좋은 기회다. 해 봐라."

"알겠습니다. 형님."

이야기가 마무리되자 지군레코드 사장은 나에게 눈길을 돌렸다. 됐지? 라고.

오케이.

이제 몇 곡은 확실히 끝내겠다 마음먹는데.

이민자의 쨍쨍거리는 목소리가 밖에서 들렸다.

"왜 이제야 왔어! 기다렸잖아!"

"아니, 그래도 세수는 하고 와야죠. 누님이 부르시는데."

"시끄러. 너 때문에 내 체면이 구겨졌어."

"예?"

"내가 너 추천했다고. 이놈아."

"갑자기 뭔데요?"

"일단 따라와. 뭔 사내자식이 이렇게 굼떠."

이민자가 누군갈 데리고 들어오는데 우와~.

김도항이었다. 3년 전 '바보처럼 살았군요'로 공전의 히트를 친.

3천 곡이 넘는 CM송을 만들고 이 중 1천5백 곡은 본인이 직접 부른, 대한민국 CM송계의 아버지가 내 앞으로 걸어오고 있었다.

나는 나도 모르게 그의 CM송 중 하나를 읊조리고 말았다.

"아름다운 아가씨 워째 그라고 다닌 가요. 아가씨 꼬릿한 그 냄새는 무언가요. 아아아~ 아아아아~ 아아아아~ 아아아아~ 아까 씹던 껌."

이민자가 자신한 이유를 알 것 같았다.

김도항이라면 가능했다.

오케이.

순식간에 멤버가 차오르자 도저히 참을 수 없는 열망이 치솟았다.

바로 녹음실로 직행.

나민에겐 The time of my life를, 안산수에겐 A Whole New World를, 이문셈에겐 Can You Feel The Love Tonight를 줬다.

그리고 김도항에겐 Don't Worry Be Happy가 갔다.

잠시 곡을 익히는 시간을 가진 후 조용길이 따로 붙어 곡 해석에 대한 부분을 일일이 짚어 줬고 위대한 탄생이 실제 연주를 들려줬다.

남은 이들은 해산시켜야 했기에 지군레코드 사장은 모인 김에 회식하라고 금일봉을 던져 줬고 곧바로 돌아와 이들의 연습을 지켜봤다.

〈2권 끝〉